Rationalisierung füchsisch

Ich danke meiner Tochter Ulrike für die Gestaltung des Buch-Covers.

Ich danke meinem Freund Hans-Christian Friedrichs für Rat und Hilfe bei der Erstellung der Druckvorlage.

Rationalisierung füchsisch

und andere Geschichten

von

Adolf Tscherner

Bibliografische Information der Deutschen Nationalbibliothek
Die Deutsche Nationalbibliothek verzeichnet diese Publikation
in der Deutschen Nationalbibliografie; detaillierte bibliografische
Daten sind im Internet über http://dnb.d-nb.de abrufbar.

Printed in Gemany
Herstellung und Verlag: Books on Demand GmbH, Norderstedt

ISBN 9783837013573

Inhaltsverzeichnis

Die Geisterkomödie

Ein Herr im Frack stand auf der Straße, etwas unschlüssig, sorgfältig gebürstet, mit gelben Glacéhandschuhen und weißer Fliege. Er hatte einen Zylinder in der Hand und schaute hinauf zu dem Dach der Kirche. Das Dach schien nicht fest zu sein, plötzlich rutschte es hin und her, kippte vornüber und ließ die Schindeln hinabfallen, da waren es Totenköpfe, hell und hart und da kam auch schon eine Kompanie mit Sensen. Sie spießten die Köpfe auf und schlugen mit den Schneiden in die Luft. Hin und herschwingend bewegte sich der Zug vorwärts, stolpernd über die grünen Schädel, begleitet von einem entsetzlich jaulenden Hunde.

Die Kompanie hatte nun andere Köpfe und ließ die eigenen herabfallen. Der im Frack schlich voran. Kerzen in Händen haltend bewegten sie sich weiter, gingen quer durch die Kirchenmauern, vorbei am Altar und knieten nieder in den Bänken. Der Geistliche vorn sprach zum Frackträger. Von oben heulte die Orgel herab wie eine Sirene. Ihr Klang raste durch die Reihen und ließ sie sich ducken.

Vorn brannte die ewige Lampe. Tod und Mime tanzten um sie herum. Der Geistliche versuchte, den Frackträger vom Zweifel zu befreien. Doch über allem Zweifel schritt klappernd und grinsend der Tod auf ihn zu, schlug mit dem Knöchel ihm gegen die Brust. Da kamen dem Geistlichen Zweifel selbst und er entfloh.

Der Spökenkieker, der Mime, aber trieb weiter seine Possen und Späße. Als nun eine Bayernkapelle erschien schrie er: Einen Tusch für meinen Freund im Frack, einen Tanz für den Tod und für mich. Die Kapelle spielte den Tusch. Die Kapelle spielte danach den Tanz. Tod und Mime klatschten sich auf die Schenkel und auf die Sohlen. Der Mime jodelte, als habe er sein Leben lang nichts anderes geübt. Dagegen dem Tod als Gerippe fiel das Jodeln schwer. Dafür stapfte er um so toller.

Es weitete sich das Rund und sie waren auf einem Schiff. Dort herrschte großes Gelächter. Am Großbaum war ein Galgen aufgestellt. Ein jeder, der gehängt werden sollte, durfte einmal noch singen, bevor er die Leiter bestieg. Es war ganz ruhig. Nur die eine Stimme schwebte über dem Wasser, silbertönend. Die Kerzen tanzten dazu wie Irrlichter. Jede war ein heller Ton wie die Stimme.

Plötzlich war da der Gast, der Dreimalverstoßene, der spielte mit Würfeln und Karten. Wer aber drei falsche Würfe tat, sollte in die Hölle. Zu ihm gesellte sich der Spökenkieker, der Mime, schlug sich den Mantel um und phantasierte. Wenn der Teufel sagte, wir spielen Canasta, trank der nur in großen Schlucken und spuckte allen Rum wieder hinaus. In diesem Safte wollte selbst der Teufel nicht spielen. Der Spökenkieker weinte und phantasierte, erst sprach er wie ein gemarterter, sprach von Erlösung, dann von Mädchen, von Frauen. Dann von der edlen Schauspielkunst.

Nun spielten sie Theater. Der Tod spielte sich selbst, der Frackträger den Menschen, der Mime den Irren und der Teufel spielte den Zweifler, den Schelm vom Schiffe. Sie spielten vor dem Sterbenden am Galgen.

Der Tod raffte die Sensen zusammen und zerbrach sie. Der Frackträger riß sein Messer heraus und warf es. Das ging dem Tod mitten durchs Auge, doch der grinste nur schaurig. Der Mime fing an, die Verse des König Lear auf der Heide zu singen, dann die des irren Tom. Der Zweifler ging zum Tod und hakte sich ihm unter. Der Tod warf sein Auge, nur das Loch aus Gebein, mitten unter die Spieler. Danach schritt er Kreise. Der Frackträger zog seine Handschuhe aus. Seine Hände waren weiß und faltig, schienen bis auf die Knochen durch. Der Spökenkieker redete, sie würden den morgigen Tag auf des Meeres Grund zubringen. Der Zweifler zog es in Zweifel. Der Mime sprach: Nur der Tod ist von Draußen, du bist von uns, du solltest still sein! Hättest du den Tod geschaut, du wüßtest wie ich.

Der Tod schritt noch immer. Die Seelen klapperten mit den Zähnen. Der Spökenkieker löschte die Kerzen und geisterte über das Verdeck. Tod und Mime trieben sich die Seelen zu, hetzten sie heiß. Da flohen die Seelen hinauf in die Takelage. Tod und Mime schüttelten sie wie Pflaumen herab, sie zeterten und keiften.

Einmal, als der Tod wieder eine Seele pflückte, steckte der Spökenkieker seine Hand dem Tod hinter das Gerippe, lachte: ha-ha, du bist ja hohl! - So hohl wie du, entgegnete der Tod. - Du täuschst dich, sprach der Mime, wirf deine Knochen fort, du bist nichts mehr, wirf meinen Leib fort, ich werde! Der Tod sprach: Ich bin ein Auftrag! Der Mime sprach: Ich bin der Auftrag! - Dann komm, sprach der Tod, würfeln wir. - Im ausgespuckten Saft? - Im ausgespuckten Saft!

Der Tod würfelte eine 6, das war das höchste, der Mime eine 1, das was das niedrigste. Der Tod würfelte eine 6, der Mime eine 5. Nanu, sprach der Tod ironisch, warum nicht eine 6? Der Herr wird es einsehen: ich habe bereits gesiegt. Auch wenn ich nur noch ein einziges Auge würfele und du 6 Augen beim letzten Wurf, so hast du 12 Augen und ich 13, ich darf mich also freuen!

Du hast erst gewonnen, entgegnete der Mime, wenn das Spiel zu Ende ist. Und das Spiel ist noch nicht zu Ende. Freu dich also nicht zu früh. - Der Tod: Laß uns den letzten Wurf tun. - Mime: Du tust den letzten Wurf nicht, aber würfele! - Der Tod warf eine 6. Da sagte der Mime, auf seinen Wurf könne der Tod ewig warten, er möge kommen und sich mit ihm schlafen legen. So schliefen sie denn, sie fühlten sich beide als Sieger.

Der Tod erwachte als erster, es war aber immer noch dunkel. Er drehte eine Schlinge und nahm das ganze Schiff dort hinein. Da erwachten auch die anderen und fragten den Tod, was er dort treibe. Mein Geschäft betreibe ich, sprach er und zog die Schlinge fest. Sie war wie ein Fischernetz, die Seelen zappelten darin. Sie fingen an zu würgen, allen war es wie ein Klos im Halse. Sie konnten nicht atmen, das Schiff drehte sich, wurde immer schwerer, sank, wurde in die Tiefe gezogen.

Der Mime aber hatte noch genug Luft, fluchte und tobte, stolperte über die vielen Seelen, die in den Schädeln huschten, doch er hielt sich. Er trank entsetzlich viel, spuckte gut die Hälfte wieder aus. Er war der einzige, der den letzten Würfel nicht hergab. Er wurde verfolgt und gepeinigt. Jeder Totenkopf, über den er kroch, fügte ihm einen häßlichen Biß zu. Da warf er ab den Körper, seine Seele war gräßlich nackt wie ein gerupftes Huhn und hockte frierend, doch hoffnungsvoll im Strudel des Wassers.

Der Tod brachte den Würfel. Der Würfel drehte sich, kam aber nicht zur Ruhe. Es blitzte auf: die 1, die 3, die 4, die 5 - und vorher 6, zusammen 19! Die Seele des Mimen entglitt dem Tod. Die Frühlingssonne brach an. Hinter dem Mimen stiegen die Gehängten mit dem im Frack aus dem Wasser.

Himmelan ging es, das Wasser verdunstete, es bildete sich ein Regenbogen von der Erde zum Himmel und vom Himmel wieder zur Erde hinab. Sie stiegen aufwärts, der Mime führte sie, der Frackträger endete sie. Sie brauchten kein Licht, kein einsames Lied von damals. Sie waren alle gerettet.

Die Mohrrüben Juli 1954

(Strafaufsatz der 11. Klasse. Thema: Ziele der Selbsterziehung - Grundhaltung zur Gemeinschaft)

Ihr seid Mohrrüben. Ihr sollt es wenigstens sein, schöne, blutrote Möhren, mit Pfahlwurzel und kleinen Wurzeln daran, grünblauen Stengeln über der Erde, doch das beste an euch soll das Blattkraut in seinen majestätisch gefalteten Rispen sein.

Wir großen Möhren haben unseren Weltkreis soviel weiter gezogen als ihr kleinen Mohrrüben. Seht, wir waren schon über dieses Blumenbeet hinaus und über jenen Gartenweg mit unseren Samen. Sie haben die Sandflecken geküßt und uns Kunde gegeben, bis sie vom Gärtner teils und teils vom Wind in die Krumen geworfen wurden. Ihr seid die junge Generation, wir sind die samenhaltenden Dolden. Euch jungen Möhren, die ihr erst kurz zuvor aus den Schollen gekrochen seid, gilt dieser Vortrag. Er soll euch zu den Mohrrüben machen, die von jeher geachtet wurden.

Das Problem des Vortragsthemas wird aufgezeigt, wenn wir uns unsere Lebensbedingungen ansehen. Wir wachsen alle in langen Reihen. Unregelmäßige Pflanzen, meist die vom Wind gesäten Mohrrüben und Unkraut werden von der Hacke des Gärtners aus dem Erdreich gerissen und zum Verrotten auf den Komposthaufen geworfen, während wir mit peinlichster Sorgfalt geschont werden. Dies gibt uns Möhren die Gewißheit, daß unser Leben einen Sinn hat, auch wenn wir ihn nicht erkennen können und eine Ewigkeit.

Daß dieser Sinn mit unserem Gärtner verkoppelt ist, wird niemand leugnen. Deshalb nennen wir ihn den lieben Gärtner, weil wir glauben, daß er uns nach dem Herausnehmen aus dem Erdreich, (er nimmt uns sachte heraus), wieder einzeln oder besser in einer vollkommenen Reihe in einen riesigen Topf pflanzt, wo wir dann immer und ewig wachsen können.

Da die Kräuter vernichtet werden, die außerhalb der Reihe stehen, muß unsere Reihe einen entscheidenden Wert haben. Deshalb müßt ihr euch immer in eurer Reihe halten, schön in der Reihe. Ihr dürft nichts außer der Reihe tun.

Nun ist dieses Inderreihestehen sehr nutzvoll für euch, denn ihr müßt es ja als eure Aufgabe, die ihren Lohn bringt, ansehen, die goldene Reihe zu erhalten. Und dann seht auf die Gemeinschaft. Jeder, der die Reihe zerstört, zerstört nicht nur die Reihe für sich selbst, sondern die seiner Nachbarn und Brüder mit. Die Beete mit den anderen Reihen weisen höhnisch und mitleidig mit ihren Blätterarmen auf diese mißratene Reihe: Es ist unwürdig für eine Möhre, die Reihe zu verletzen.

Wenn auch die Forderung, der Gemeinschaft gegenüber anständig zu sein, durch keinen gärtnerischen Zweck gefordert wird, so müssen wir doch zugeben, daß der Gedanke sehr schön ist, auch der Mitmohrrübe das Ideal erfüllen zu helfen und mit ihr die Pflicht zu teilen.

Mich hat eine kleine Mohrrübe gefragt, wie sie es anstellen solle, das Geforderte zu erfüllen. Es wäre doch wohl unmöglich für sie, das Ideal zu erreichen. Ich entgegnete ihr: Sieh die Steine an, unbeweglich, gestreut, ungesegnet in ihrer Unfähigkeit. Ihr, meine Möhren, könnt wachsen, wohin es euch beliebt, ihr könnt eure Gestalt abbauen, zügeln. Eure Wurzeln müssen nicht so in die Breite streben. Wie ihr als Same in die Erde kommt, das könnt ihr nicht bestimmen, aber das ist ja gerade das Wunder, daß wir dennoch in schöner Reihe liegen.

Ihr, die ihr nichts mehr an eurer Anlage tun könnt, habt jetzt alles mit dem Wachstum zu vollbringen. Nehmt ihr dem anderen den Erdraum, so muß er entweder selbst schlanker werden, oder, wenn er unduldsam ist wie ihr, geht die Reihe verloren.

Je schlanker die Wurzel also, desto besser. Dafür sollt ihr euch recht artig in den Blättern entfalten. Dieses Krautwerk muß den lieben Gärtner am meisten freuen, wenn es nur gut in der Reihe steht, denn er kann ja nur dieses sehen, sich nur daran erfreuen: An der schönen Linie, durch Wuchs und Zugeselltheit geschrieben.

Ich will euch noch von den Lehren einer schon sehr alten, weisen, fast verfaulten Mohrrübe erzählen. Sie nennt den Gärtner schlecht und meint, dieser liebe uns nur, weil er uns verzehren möchte. Ihr werdet zugeben, das das völlig abseits aller Mohrrübenlogik liegt.

Aber auch sie verdammt die Reihe nicht, nein, sie sagt: Ihr bekennt euch zwar nur zu eurer Reihe, weil ihr eurem Gärtner gefallen wollt und Nutzen daraus für euch selbst zu schlagen gedenkt. Aber nehmt an, diese Reihe wäre sinnlos, wäre es nicht beglückend, die Reihe geschmiedet, geformt zu haben. Wäre es nicht lohnend, einmal die vollkommene Reihe zu erblicken und dann satt in die ewige Fäulnis zu fallen?

Ihr gehorcht den Sinnen mehr, als dem Gesetz des Herzens. Ihr wähnt die Reihe für jeden einzelnen gemacht. Aber die Reihe ist Verbindung in der Gemeinschaft, Beschränkung und In-die-Höheheben zugleich. Seht ihr die Reihe und wollt ihr die Reihe nur für euch alleine gemacht, dann ist dort keine Reihe, denn dieses Amzielvorbeigehen, auch wenn es nur geistig geschieht, zerstört sie.

Wenn ihr die Reihe schützt und sie lebt, ohne das Wesen der Reihe zu erkennen und zu wollen, dann solltet ihr besser nicht daran bauen. Das Wesen der Reihe ist nicht die Reihe selbst in ihrer Schönheit, sondern das Wesen liegt in dem Willen, unter Opfern, zusammen mit den anderen, gerade mit den anderen, das Werk zu bauen. Diese Fürstengesinnung, ihr Möhren, ist das Schöne an der Reihe und nicht ihre vollendete Form.

Der Wille bleibt uns, denn die Tat ist schwach. Die Begrenztheit liegt auf allen unseren Wegen. Wir sind doch nur Rüben, rote, rote Rüben. Wir können uns kaum rühren, so fest sind wir gefaßt. Und der Gärtner, wo ist der Gärtner, ich sehe den Gärtner nicht, ich bezweifle, daß es einen Gärtner gibt. Die Beete werden still. Die Dünen breiten sich aus. Bald ist es hier wie in einer Grabkammer und es zerrann alles. -

Oh freut euch, wir schufen unsere Reihe,
gemeinsam schufen wir und waren glücklich.
Da wird ein Singen bleiben, wo wir einst gestanden,
wo wir zur Fürstengesinnung, Fürstenverbindung fanden.

Und geht die Sonne auf, die ewigen Frühling läutet,
so fließt aus uns'rem Safte ein Rubin,
strahlbrechend, strahlenglanzerhebend
und aufwärtsschwebend in den Anbeginn.

Die Pantoffelgeschichte 1955

Es regnete Pantoffeln vom Himmel heran. Wir waren auf dem freien Feld und konnten uns kaum schützen. Wir fingen uns einige, nagelten sie zu einer Fläche zusammen und hielten sie als Schirm über unsere Köpfe. Langsam füllte sich die Erde um uns. Immer mehr Pantoffeln fielen herab. Bald wateten wir in ihnen und schon mußten wir versuchen, irgendeinen festen Halt unter unseren Füßen zu gewinnen. Also errichteten wir Mauern, indem wir Pantoffeln übereinanderschichteten, so daß ein oben offener Raum entstand. Darüber legten wir eine genagelte Pantoffelfläche, gewannen so eine Pantoffelbehausung, so daß wir die Pantoffelschirme nicht länger über die Köpfe zu halten brauchten.

Der Pantoffelregen hielt an und wir mußten die Pantoffeln von unserem Dach fortfegen. Da das Dach zu zerfallen drohte, hatten die herabregnenden Pantoffeln doch eine zerstörerische Wirkung darauf, mußten wir nach einer gewissen Zeit ein neues Dach fertigen. Der Pantoffeln wurden immer mehr, wir sahen uns gezwungen, die Mauern unseres Heimes zu erhöhen, da die losen Pantoffeln rings alles überragten in welligen Hügeln.

Da begann die Tragödie. Es zeigte sich, daß die Mauern kein gutes Fundament hatten. Die Mauern schoben sich immer mehr zusammen, sie bogen sich unter der Last nach innen und beengten unseren Raum. Jetzt hätten wir unseren Fehler einsehen und ganz von vorn anfangen sollen. Denn noch hätten wir den festen Halt erreichen können, wenn wir den Grund vorübergehend aufgaben. Wir glaubten aber, daß unsere Fundamente den Druck aushalten würden. Wir hofften, die losen Pantoffeln würden sich ineinander verhaken und so die Mauer festigen, sowohl in der Mauer selbst, als auch in den freien Schichten außerhalb.

Doch der Druck wurde immer stärker und wir fanden auch heraus, weshalb wir uns geirrt hatten. Die Pantoffeln waren nicht rauh, oder gar mit Widerhaken behaftet, sonder sie waren glatt, fast glitschig zu nennen, wodurch die Gefahr sehr erhöht wurde. Dies erkannten wir sehr spät.

Längst waren die Mauern so hoch gewachsen, daß unsere Behausung eher einem Brunnen als einem Zimmer glich. Wir hatten uns deshalb Leitern genagelt, um in die Höhe zu reichen. Die Standfesten von uns stiegen auf ihren Leitern hinauf, hielten oben balancierend die Wacht.

Da der Schacht nicht schnurgerade, sondern in Bögen und Überhängen hinaufging, waren die Leitern wie er gebogen und verbogen. Hätten wir um uns nicht, verschwommen, die Pantoffelwände gesehen, so wären wir uns ganz haltlos vorgekommen.

Die Verbindung zwischen den Leitern fehlte fast gänzlich, wir sprachen uns nur hin und wieder Mut zu. Die Wände durften nicht berührt werden, um nicht den Einsturz herbeizuführen. Auch ohne Erschütterung sprangen einzelne Pantoffeln aus den Wänden heraus und klopften unten hohl auf den Felsen. Dann wurden diese Pantoffeln von Hand zu Hand hinaufgereicht und durch die Luke hinausgeworfen. Ab und zu wurden die Wände höher aufgeschichtet und ein neues Dach gefertigt. Danach standen wir schweigend und hörten auf das Platschen der herabregnenden und auf das Pochen der aus den Wänden springenden und unten aufschlagenden Pantoffeln.

Wir waren sehr hoch über der Erdtiefe, aber wir hatten doch die Verbindung mit ihr durch die tiefgrabenden Leitern. Dies wurde anders, als die Insichwankenden von uns, die drunten auf dem

Boden kauerten, sich anschickten, zu uns hinaufzukommen. Es gelang nicht und das war gut, wie hätten die Leitern uns alle tragen sollen. Aber die herabfallenden Pantoffeln wurden nun, aus Trotz, nicht mehr fortgeräumt. jetzt erst merkten wir, wie der Boden unser ein und alles war: Mangel trat auf an allem, Güter fehlten, die die Tiefe bisher gegeben.

In der Verfassung trat Hader und Streit unter uns und entfesselte einen Krieg auf den Leitern. Sie schwankten in Parteien hin und her, in wiegenden Reihen gegeneinander. Bis die verlierende Partei das Feuer warf, welches eine Brandpracht entstehen ließ, rot und glühend.

Fast hüllte uns die Lohe ein, die Leitern flammten und glommen. Um Luft zu haben stießen wir die Luken auf. Es hatte aufgehört Pantoffeln zu regnen. In der Ferne sahen wir einen Berg, ganz grün, dort hatte es nicht geregnet. Jetzt hätten wir dorthin gelangen können. Was nützte es. Die Leitern stürzten in sich zusammen und wir fielen in die Tiefe.

Nur noch ein wenig gewartet, ein wenig balanciert, ein wenig Friede gehalten. Wir hätten die muntersten Bäche gekostet, die duftendsten Brote gebrochen, das Salz als Würze empfangen! Der Weg dorthin wäre kurz gewesen. So war es nur rotes Feuer. Wir waren gerichtet.

Mag auch die Spiegelung im Teich oft euch verschwimmen: Wisse das Bild! Januar 1956

(Mein Abituriums-Aufsatz,   Benotung: ungenügend!
Zum Thema siehe R.-M. Rilke: Sonette an Orpheus.
Siehe auch H. v. Hofmannsthal: Erlebnis)

Wissen und Wahrheit suchen ist im Grunde eins.

Wir sehen Schiffe fahren mit Riesen-Purpursegeln. Sie gehen im Todsein hin und, wie Tropfen am beschlagenen Fenster entlangrinnen, gleiten sie durch das Weltmeer. Sehnsucht greift das müde Herz und zwingt es, in das Meer zu blicken. Das Meer wird zum See, zum Brunnen, zum Teich, zum glatten, spiegelnden Teich. Ich sehe durch den gut transparenten Teich hindurch in das Weltmeer. Es ist ruhig.

Wir sind der Teich. Aus dem Teiche steigen Riesen-Purpursegel und ziehen, wie die Segelschiffe gleiten, entlang dem Blick. Da ist der Teich müde des Bildgebens, es scheint so. Es herrscht Sturm! Der Teich saugt die Purpursegel in sich ein, er trübt das Bild. Will er Nahrung, will er uns berauben?

Immer noch sind über uns die Riesen-Purpursegel, als wären sie das Leben, und nicht der Drang, der uns im Leben führte. Wir ahnen, sie sind über uns und hell und schön und herrlich purpurrot. Wie Orangen aus grünen Zweigen flammen mögen, nur viel heller, greller, hinglimmender. Die Spiegelung lischt nicht unser Bild, wir müssen nur härter hinschauen!

Aber das Spiegelbild ist doch trüb - weshalb trüb? Es ist nicht so der Teich, der Wellen schlägt, das Purpursegel, rot geflammt, verzehrt das Bild, verzehrt sich selbst. Doch suchen wir es, wir wissen doch das Bild, wir suchten es doch schon mit großen Augen. - - Dort ist es, eingetaucht und strahlend!

Was ist der Gang von diesem Purpursegel? Geht es zur Wahrheit, zum Bild, zum Leben, zum Sinn ein? Geht es zum Anfang, zum Ende, oder muß es ewig still sein, nur liegen und sich wiegen in den Wassern eines Teiches?

Wir wissen nur die Farbe, wissen nur das Bild. Das Bild ist nicht die Wahrheit. Aber schauen wir in die Purpursegel, so kommt ein großes Sehnsuchtsgefühl auf uns. Wir suchen sehnsuchtsvoll nach Wahrheit. Wissen wir, suchen wir unsere Wahrheit. Und suchen müssen wir, also müssen wir auch wissen. Stählern stark begehren wir; großen Augen gleich versuchen wir zu wissen.

Da beginnt das große Spiel. Purpursegel wandern nach der Heimat fernem Hafen. Wir folgen ihm, denn wir wissen unser Bild. Das Segel wandert, durch das Wissen getrieben. Und wie die Bilder wandern, wandelt sich das Wissen.

Wir fragen, suchen, wissen. Verschwimmt, verändert sich das Bild, wir wissen. Immer sind wir Wissende. Mag das Segel schlagen und Sprünge tun, mag die See sich kräuseln und mit Schaum sich bedecken! Mögen wir blind, taub, stumm werden - wir werden Wissende sein!

Zum Wissen braucht es keine Augen und keine Zunge. Das Segel selbst gleitet in uns, es schwingt. Es schwingt im Rhythmus seiner Störungen oder - seines Gesetzes. Fast könnte man sagen, die Störungen seien die Gesetzmäßigkeit im Gang des Riesen-Purpursegels. Denn es ist nicht der wilde Wellenschlag, es ist das Segel selber, das das Bild zerfließen läßt in Sturm und Wind, in seiner Spiegelung.

Wir bleiben wachsam, einsam über Purpursegel gebeugt. Wir halten unser Wissen. Mögen des Schicksals Lose das Bild verwischen. Das Wissen wandert, wenn die Sehnsucht wächst. Nur in der größten Sehnsucht geht das Suchen in Wissen über, wenn die Sehnsucht zum Urleiden wird, denn dann wird das Wissen zum Allverstehen, dem die Liebe entströmt. Dann suchen und wissen wir zugleich.

Nun mag spiegeln im Teiche selbst ein Riesensegel,
und mag so weit wie Augen tragen wandern, gleiten,
es kann das Wissen in uns nur noch besser weiten,
wenn es als Bild noch so schwach zu Herzen dringt,
wenn es verzerrt, unhörbar fern uns schwingt,
wir schwingen einsam mit - mit in liebendem Wissen.
Wir werden das Segel im Teich nimmer vermissen!

Der Advokat des Teufels

Neulich traf ich im Konzert einen Kommilitonen, Pitivin, Student der Jurisprudenz. Er war wie ich zu dem Konzert gekommen, um den weltberühmten Kastasoff zu hören, ich, wegen dessen vielgerühmter menschlicher Wärme, die sich auch im seinem Geigenspiel offenbarte, Pitivin wegen dessen eigenartiger Dämonie.

Auf dem Heimweg sprachen wir über das Konzert, d.h. Pitivin sprach, ich begnügte mich damit, ihm zuzuhören. Und so bot er mir ein Schauspiel, welches gerade so aufrührend war, wie das eben gehörte Konzert. Er erklärte das Spiel auf eine feurige, wilde Art. So als würde das Geschehnis in gesteigerter, geradezu phantastisch realer Weise noch einmal stattfinden.

Und das alles geschah hier, im Schein des Mondes und der Gaslaterne, ja hier auf der Straße, und doch wieder nicht auf der Straße, nein, wir entfernten uns vom Hier und Jetzt, es war, als würde die Wirklichkeit Traum und der Traum Wirklichkeit. Wir wurden langsam, doch unerbittlich in eine andere Welt versetzt, die eine Mischung von Nahe und Fern, von Gegenwart und Vergangenem, von Phantasie und wirklicher Begebenheit darzustellen schien.

Wie der Geiger dastand auf dem Podium, die Maske vor den Augen, die Geige in den schlanken Händen wiegend, den Mond herabholend, welcher mit geisterhaftem Lachen hinter der Bühne stand, war der Ton leis, voll und zart. Der Geiger hatte eine hohe Gestalt. Sie war etwas schemenhaft im Dunste, der aus dem Auditorium quoll.

Pitivin sprach schnell entflammt. Er pries die Undurchsichtigkeit des Meisters, die schnellen Striche, die sauberen Kadenzen.

Dennoch sprach er anklagend. Er redete im Schein der Gaslaterne rasch und sicher, hart und geschäftig, ohne Atem zu schöpfen, fahl und bleichgesichtig.

Er ritt in die Nacht hinein und faßte den Geiger. Er trug ihn hinauf. Dort, wo die Erde am dunkelsten war, schlugen sie Quartier. Pitivin nahm die Geige und stimmte die Saiten. Es war eine herrlich Violine, die er Kastasoff gebracht, vielleicht gar eine Stradivari.

Pitivin erhob die Anklage: Im Namen der allumfassenden ästhetischen Gerechtigkeit, die es geraten erscheinen läßt, daß nur der Meister sei, der seine Kunst auch meisterlich führe, erhebe ich Anklage gegen Kastasoff, den Intriganten und Verleumder, den der Kunst sich anmaßenden Spitzbuben, den Mörder aller Musik und musikalischen Interpretation. Er hat mit unerhörter Kühnheit gewagt, sich Rechte anzumaßen, von deren Besitz ihn ein Schauder des Entsetzens hätte zurückhalten müssen. Denn mit der Musik, in rechter oder unrechter Weise geübt, lassen sich Wirkungen erreichen, die ins Innerste der Dinge zielen. So mache ich das Recht auf ihn von unserer Seite geltend!

Kastasoff dachte bei sich: Er meint die Dämonen in mir. Aber nein, Dämonie ist immer dabei, soll Kunst Kunst sein! Ich kann die Anklage nicht akzeptieren. - Damit griff Kastasoff die Geige und führte den Bogen. Der Klang der Violine war metallen, wurde bald schrill und quietschend, er kam wie von sausenden Sirenen.

Die Stirn Pitivins flimmerte weiß und schweißig: Meine Herren Geschworenen, versuchen sie sich in die Gedankengänge des Angeklagten einzufühlen. Er ist in der Vermessenheit der Sinne. Er anerkennt keine Grenzen. Er akzeptiert kein Ende. Was er sucht, ist das Übersteigerte. Was er haben will, sind Mond und Sonne. Er will die Erde sprengen, zerstören, stören in ihrem ruhend ewigen Laufe. -

Kastasoffs Geige gab nur noch ein schnarrendes Geräusch her. So sehr Kastasoff sich auch abmühte, kein heller Ton wollte gelingen.

Pitivin war ein guter Advokat. Er hatte stets das rechte Mittelchen parat, wie für seine Klienten, so für die ewige Gerechtigkeit, wie er sie verstand. Er konnte den Mund lügen machen, sprach der auch die Wahrheit und jede verdrehte Sache nochmals so verdrehen, daß sie gerade wirkte.

Pitivin sprach: Meine Herren Geschworenen! Sehen Sie sich den Angeklagten an. Bemerken Sie, er trägt eine Maske. Ist er nicht schon deshalb zum Lügner gestempelt? Sein falsches Auge blickt düster aus der Beklemmnis, sein Spiel wirkt fade, langweilig, ekelhaft. Ich bezweif'le, daß er sich richtig auf die Kunst des Geigenspiels versteht. Er ist unbeholfen, sein Spiel ist ein Graus der Ohren. Hören Sie doch selbst, wie dumpf die Saiten grummeln und knarren. Ist das vielleicht Musik, ist das vielleicht Spiel?

Meine Herren Geschworenen. Ein böser Umstand hält uns hier versammelt. Lösen Sie ihn auf, sprechen Sie das Urteil. Meine Herren, sehen Sie und hören Sie. War es nicht Vermessenheit, was der Angeklagte wollte? Er wollte Spieler sein im Welttheater, und versteht es nicht einmal, der Geige einen einzigen Ton zu entlocken. Es ist absurd, sich noch länger damit zu befassen.

Herr Kastasoff, gestehen Sie Ihre Schuld ein, hölzern, schlecht und unmelodisch zu spielen und aus reiner Eitelkeit und Bosheit das hohe Gericht hierher bemüht zu haben. Also verdienen Sie die einzige Strafe, die für derlei Vergehen in Frage kommt. Einzig die Hinbeorderung ins Territorium höllischer Regentschaft, in die Schlünde der allumfassenden Düsternis und Seinsvernichtung kann hier angemessene Strafe sein, auf daß der Gerechtigkeit von Gut für Gut und Böse für Böse eine Brücke gebaut ist.

Kastasoff hielt inne. Er spürte, sein Spiel war verloren, konnte er nicht etwas Entscheidendes zu seinen Gunsten vorbringen. Vielleicht etwas vollbringen, was weder von Pitivin, noch von den Geschworenen in Erwägung gezogen wurde.

Pitivin sprach: Meine Herren Geschworenen. Der Angeklagte ist eine Gefahr. Hüten Sie sich, sie zu übersehen. Schützen Sie sich vor ihr, indem Sie sie vernichten!

Kastasoff steht ratlos. Plötzlich ist die Maske, die er so lange für unerläßlich hielt, so wertlos. Alle scheinen ihm direkt ins Innere hineinzusehen, sehen aber immer nur die eine, die dunkle Seite. Die helle Seite seiner Seele scheint niemand zu interessieren. Ja, denkt er schaudernd, sie ist vielleicht gar nicht mehr vorhanden, ist durch Pitivins Plädoyer irgendwie abhanden gekommen. Er spürt, er kann das alles nicht hindern. Sein Spiel ist fort, und mit ihm alle menschlichen Gefühle.

Er fühlt, sie sehen alle nur das Unwahre seiner Seele, das Wahre wird durch den teuflischen Pitivin und durch die schwarze Maske, die er trägt, verdeckt. Er muß etwas tun, ehe es zu spät ist. Da reißt er die Maske herunter. Sie soll nicht mehr regieren. Sie soll fort sein. Licht soll eingelassen werden. Die Seele soll sich öffnen und gewinnen.

Pitivin spricht: Angeklagter! Ist die Geige nicht von der besten Art? Vom besten Geigenbauer aus bester Zeit? Ist die Geige nicht auch wundervoll gestimmt? Und Du entlockst ihr so schreckliches grauenhaftes Getöne!

Kastasoff ergreift die Geige. Doch nun traut er sich nicht zu spielen. Er erkennt, wie wenig gut sein Spiel war, wie wenig menschlich und von wie geringer Wärme.

Pitivin spricht: Angeklagter, haben Sie noch irgend etwas zu Ihrer Verteidigung vorzubringen?

Da beginnt Kastasoff das Stück, indem er es singt. Mit leiser Stimme läßt er die Töne fließen. Sie klingen schön und rein. Und nun wagt auch die Violine einzufallen. Zart mischt sie sich hinein, schmiegt sich an die Stimme an, verschmilzt mit ihr und erstarkt. Kastasoffs Spiel hat nun einen weichen Schmelz. Die Geige zittert und bebt. Ihr Klang kommt wie von schwebenden Flöten. Kastasoff träumt, während er singt, sinnt, während er fiedelt. Eine Träne rinnt dem Meister aus dem Auge und glitzert.

Der Advokat steht und glotzt den Geiger an. Er schüttelt den bleichgesichtigen Kopf. Dann sagt er böse, so nebenbei, während er sich anschickt, zurückzukehren ins Reich der Finsternis, den Prozeß, den hätte er freilich verloren. Allein, spricht er zynisch, es gäbe ja noch, Teufel sei Dank, gar viele dunkle Seelen, viele dunkle Fälle. Es lohne sich schon für ihn. Bei tausenden Prozessen könne er auch einmal ein Plädoyer umsonst halten. Ihn jedenfalls träfe kein Verschulden an diesem Mißerfolg. Das letzte sprach er das Gesicht zum Abgrund hingewendet.

Die Geburt des Luzifer   31.7.1958

Es lebten einst drei Brüder in einer Stadt: der Christian, der Urian und der Sylvester. Der Christian war Bauer, der Urian war Schmied, der Sylvester war Dichter. Der Sylvester war für seinen Lebensunterhalt darauf angewiesen, daß seine Frau Flachs zu Garn verspann. Der Sylvester liebte den Christian und haßte den Urian. Der Urian war grobschlächtig und wild, wenn er aufs Eisen herabhämmerte, stoben die Funken. Den Blasebalg treten konnte er wie kein anderer.

Der Haß des Sylvester gegen den Urian war groß, es war stets Streit zwischen ihnen. Ja, es kam soweit, daß der Sylvester seinen Bruder Urian öffentlich verleumdete. Kurz darauf fühlte der Sylvester, daß ihm, wo er auch weilte, wo er auch ging, ein Schatten folgte. Dieser Schatten war gräßlich. Ihm fehlte zum Wolfe nur der schauervolle Ruf, so war es wie ein Hund.

Durch das Bewußtsein, verfolgt zu werden, wurde der Sylvester fast ebenso zum Schatten. Er floh durch die Gassen, spukte um die Häuser, erklomm Dachfirste und Geländer. Dann erstieg er einen schwarz stehenden Turm. Überall flüsterte es: Der Schatten folgt, der Schatten folgt! Der Sylvester floh höher. Der Turm hatte endlose Leitern. Der Sylvester blickte in die Dunkelheit hinab und gewahrte die schwimmenden Laternen unten. Sie tanzten wie Irrlichter. Der Sylvester stieß die Luke zur obersten Plattform auf und schwang sich hinauf. Dort oben wartete er schweißgebadet.

Die Nacht war wild und unbändig. Überall brannten Feuerstöße gegen den Himmel. Da fiel dem Sylvester ein alter, rostiger, dicker Haken auf, der sonst die Luke hielt, den riß er mit aller Anstrengung aus dem Holz. Es schrie herauf: Der Schatten kommt, der Schatten kommt! Eine Hand faßte auf die Plattform, ein Kopf tauchte auf und des Urian bös funkelnde Augen brannten in denen des Sylvester. Dieser hieb, Entsetzen im Blick, mit den Haken auf seinen Bruder ein. Der fiel rückwärts, polterte die Leiter hinab und krachte tief unten auf das Pflaster. Der Sylvester jagte hinunter, er wollte den Bruder sprechen, ihm alles erklären. Er wollte, wenn nötig, sich selbst opfern.

Schon waren die Geister entflammt, schon waren die Lüfte voller Geheule, schon war Aufruhr und Kampf in allem zu spüren. Unten kniete der Sylvester nieder beim sterbenden Urian. Der blickte ihn finster an und sprach: Du Unglückswurm wirst deine Tat noch bereuen. Ich wollte dich töten. Ich durfte es, ohne das Weltgeschehen zu gefährden. Du aber bist mit diesem Mord eingedrungen in den innersten Kreis und hast ihn gestört. Sieh zu, wie du die Waage ins Gleichgewicht bringst. Ich verfluche dich, mit dir soll der ganze Erdball zugrunde gehen. - Verzeih mir doch, klagte der Sylvester. - Verzeihen dir? schrie der Urian, Niemals! Versuche den Fall in die Tiefe aufzuhalten, wenn du kannst. - Dann lachte er schrill und pfeifend, bis er verröchelte.

Der Sylvester war wie zerschmettert. Er erhob sich taumelnd und machte sich auf den Heimweg. Durch die Straßen dröhnte der Schritt von Soldaten. Überall war Aufruhr und Schrecken. Tod und Vernichtung wälzte sich durch die Lande. Johlende Horden feierten es, daß die Bande sich lösten. Der Sylvester lief, so schnell er konnte. Zu Hause angekommen sah er seine Frau am Spinnrad sitzen. Sie fragte nicht, sie sprach nicht, dennoch wußte sie alles. Der Sylvester trat ans Fenster. Schräg unten lag die Schmiede, wo der Urian gelebt und getobt, gearbeitet und geschuftet. Die Stätte lag wie ausgebrannt da, ringsum aber heulte und tobte es.

Der Sylvester wandte sich um und setzte sich an den Tisch. Darauf lagen neue Bündel Flachs. Seine Mutter mußte dagewesen sein und es gebracht haben, aber es war schwarzes, schlechtes Flachs. War meine Mutter hier? fragte der Sylvester. - Sie war da und sagte, ihr solltet euch nicht streiten. Doch das ist nun geschehen, sagte seine Frau, die Norne. Rufe deshalb deinen Bruder Christian herbei, ich fürchte für ihn! - Der Sylvester gehorchte. Er ging zum Telefon und wählte die Nummer. Es meldete sich der Totengräber: Wen soll ich bestatten, den Urian, den Christian oder den Sylvester? - Ich möchte meinen Bruder Christian sprechen, schrie der Sylvester. - Bedauere, sagte der Totengräber, das ist unmöglich. Ich bedaure. - Der Sylvester hängte ein.

Während der Sylvester sprach, hatte seine Frau Garn gesponnen, daß die Fäden flirrten. Nun sagte sie: Ich habe Angst um deinen Bruder Christian, können wir ihm gar nicht helfen? Versuche es noch einmal, rasch, beeile dich. - Diesmal meldete sich ein Schwarm Hexen. Sie keiften ins Telefon: Brüderchen, dir werden wir's zeigen, den Urian zu morden, dem liebs Kindel auf den Kopf zu klopfen, Brüderchen, das heischt Revanche. Hihi, hihi! Wir trinken noch unser Bier aus, dann Brüderchen, gehen wir auf die Hetz. - Es steht schlimm um ihn, sagte die Norne. Ich sehe ihn, wie sie ihn über die Felder jagen, er läuft vor den grauen Hexen auf den fliegenden Besen, oh, sie kommen ihm näher, oh, sie erreichen ihn. Schnell, sprich mit deiner Mutter! - Mein Sohn, klagte die Mutter, was soll ich alte Frau gegen Horden tun, das sind ja Horden, Horden sind ja das. Was kann ich alte Frau gegen Horden tun. - Und sie wackelte entgeistert mit dem Kopf.

Die Norne weinte lautlos. Jetzt haben sie deinen lieben Bruder Christian getötet, sagte sie, jetzt geht es um dein Leben. Rufe deinen alten Vater herbei. - Soll auch er zugrunde gehen? fragte der Sylvester. - Ja, Sylvester, sprach die Norne, alles Alte muß nun in die Vernichtung gehen, das ist die Folge deiner Unvernunft. Doch es lebt in mir die Hoffnung, daß ein Rest den Umbruch übersteht. Der Sylvester rief den Vater. Der kam und stellte sich vor den Eingang des Zimmers. Bald kamen die Scharen. Der Vater war noch rüstig, er kämpfte mit Schwert und Lanze. Die Norne spann hastig, doch es klebte Faden an Faden und die Spule war voll.

Wie sie so dasaß, ratlos und tieftraurig, sagte der göttliche Sylvester, er wolle sie küssen. Rühr mich nicht an, du Unhold, rief sie mit blitzenden Augen. Doch so schön, wie sie jetzt war, hatte er sie noch nie gesehen und eine allgewaltige Sehnsucht zwang ihn, ihr Zwang anzutun, was er früher nie gewagt. - Ich jage den Vater fort, sprach sie, wenn du dich erkühnst! - Dennoch riß er sie an sich und küßte sie wie wild. Da war es ihr, als wenn die Mutter von ferne nickte, und sie ließ es geschehen. Und er zeugte in ihr einen Sohn. Aber die Norne sank aufs Lager und konnte sich nicht mehr erheben. - Auch ich bin getroffen, sagte sie, noch dieses Jahr der Niederkunft, dann muß ich die Erde verlassen.

Doch wehe, wer wird die Spindel führen, das Garn spulen, die Fäden drehen? Geliebter, Geliebter, es ist alles verloren. - Da nahm der Sylvester die Spule. Da aber das Garn schon zu sehr verworren und verflochten war, flüsterte die Norne ihm zu: Spinn, spinne Lügen, linde Lügen mein Herz, wie du's als Dichter übtest, woran die Welt sich gefreut. Verspinn das Volle, das Leere, spinn, wenn du kannst Unendlichkeiten. Oh Liebster, Liebster spinn Lügen, linde Lügen mein Herz, die Welt sie klammert sich daran.

Doch das Chaos breitete sich aus. Der alte Vater war gefallen, und die Mutter war aus Gram gestorben. Aber auch die grauen Mächte fühlten sich so geschwächt, daß sie den Sylvester nicht anzugreifen wagten. So hockten Sylvester und Norne in ihrem Zimmer. Eines Tages spürte die Norne, daß sie sterben müßte. Sie machte sich im Bett bereit, vorher ihren Sohn zu gebären. Draußen sammelten die

Hexen noch einmal alle Kräfte. Sie erstiegen die Mauern mit Leitern und schauten durchs Fenster. Die Scheiben zerbrachen, die Norne gebar den Knaben. Die Hexen keiften: Weihe deinen Sohn dem Bösen. - Der Sylvester erschrak. Sollte alles umsonst sein? Sie lauerten, das wußte er. Und sie würden seinen Sohn töten, erfüllte er nicht ihren Willen. Der Sylvester zögerte. Es war zuviel für ihn. Erwünschte sich, nie geboren zu sein.

Er fragte die Norne: Muß ich unseren Sohn nun dem Bösen weihen? - Und die Norne antwortete: Gewiß Liebster, so ist es beschlossen. - Und soll das Gute völlig untergehen? - Das Gute, wie es war, ist verloren. Aber die Hoffnung, die du vertrittst, die bleibt. Du bist der Rest des Alten, der sich ins Neue hinüberrettet, du bist unsterblich! - Da nahm der Sylvester seinen Sohn und taufte ihn auf den Namen Luzifer, auf daß jeder wüßte, er wäre des Bösen. Als dies geschehen schloß die Norne für immer die Augen. Und ein Windstoß fegte die Hexen vom Fenster herab, daß sie drunten zerschellten.

Die Mathematik   1960

Stompani war einer von jenen, die sich der Wissenschaft verschrieben hatten, äh, spuck aus, der Mathematik. Es wirbelte in seinem Gehirnkasten nur so von Formeln. Vielleicht noch nicht glatt und sauber geschliffen, wie es sich gehörte, jedoch, was nicht war, konnte werden.

Die Herren Professoren würden ihm den Stumpfsinn ihrer Thesen schon so einimpfen, daß er glauben würde, es bedeute die größte Wohltat, allein der Gaukelei, dem süßen Absurden der Mathematik in Reinheit sich hinzuopfern, nicht mehr zu fühlen, nur zu sinnen, aus dem Chaos der Möglichkeiten diejenige zu finden, die ein gewisses Verlangtes leistet, damit zu operieren, zu verwandeln und zu spielen.

Es ist ein Spiel der Lüfte, ganz entgegen der Wahrheit, losgelöst von allen Tugenden. Eine Schlemmerei des Einfalls und der Ideen, aber nichts desto trotz ein Gaukelspiel, ein Fixum, welches nur sich selbst umfaßt, allein deshalb zur Berechtigung gelangend, weil es dem Menschen nicht gegeben ist, schwierige Gedankengänge ohne Stütze des Formalismus bewerkstelligen zu können.

Dieses Formelhafte, Formhafte entzückte unseren Jünger der Wissenschaften, es regte ihn an, immer weiter in die Mathematik hineinzusteigen, immer tiefer scheinbaren Geheimnissen nachzuspüren. Es gibt aber keine absoluten Erkenntnisse für den Menschen, wie sollte er da Absolutes in dem mathematischen Kalkül finden, welches ein Werkzeug ist, Tieferes zu erfassen. Stompani liebte die Mathematik. Mit klarem Auge und sicherem Verstehen gedachte er, die Welt sich zu eigen zu machen, sie zu zwingen.

Mit der Mathematik, der losen, zimperlichen, die dennoch im Innern so stolz, so ungebärdig tut, kann man keinen Flirt beginnen, ohne ernstere Absichten zu hegen. Ein jeder Flirt ohne Ernsthaftigkeit wird abgewehrt, er bleibt am Rande, wird weggeschoben, versandet. Die Mathematik ist streng, sie duldet kein Naschen, sie ist die äußerste Verkörperung der Keuschheit. Sie verlangt Treue und Gewissenhaftigkeit. Wer sich ihr nähert, muß sich entscheiden.

Vielleicht, so denkt Stompani, gelingt es mir, sie zu überlisten. Ich schwöre ihr ewige Treue, doch ich überlege es mir, ob ich das Versprechen halte. Er hat dabei vergessen, daß die Mathematik ein Teil seiner Seele ist, daß sie sich in ihm breit macht, daß ihr Prinzip langsam und unaufhaltsam alle schwächeren Seelenakkorde zu übertönen vermag. Sie tötet die Poesie, löscht das zärtliche Gefühl. Alles neben der Mathematik wird zweitrangig, nebensächlich, nur weg damit, den Blick nur immer fein auf jenes Netz gerichtet, welches im Meere der Unendlichkeit nach Formeln fischt.

Stompani ist so zweigeteilt, daß sich der Schwebezustand lange bei ihm halten kann. Es streiten sich in ihm zwei Prinzipien: Die Mathematik und das Gefühl, beide wild und begehrlich. Zuerst war das Gefühl übermächtig in Stompani, nun ist es die Mathematik. Aber morgen vielleicht schon schlägt das Gefühl zurück, reißt das ganze hohle Gebäude der Mathematik auf, wirft ihr sprühendes Leben in die Runde, daß für Stompani die Welt aufleuchtet. Halb ist er in der Mathematik gefangen, er zappelt im Netz, welches er sich selbst gebaut. Aber halb ist er noch frei und tummelt sich in der Freiheit der Empfindungen.

Die Mathematik ist ein katzenhaftes Ding. Sie läßt sich umschmeicheln, zuerst gibt sie nur etwas Parfüm, elegante Sätze, vielleicht Zirkelschlüsse. Dann bringt sie Geometrien, dann

Verknüpfungen und Abbildungen, beide dasselbe, wenn man es recht besieht. Sie erklärt eine Topologie, läßt Folgen konvergieren, ordnet Mengen, kettet sie untereinander. Nach kurzer Zeit blühen eigenartige Wortbilder auf: Archimedische Ringe, kommutative Schiefkörper, Gruppen, Systeme, Algebraen.

Und diese sind die Träger der Axiome, jener luftigen Bosheiten, durchsichtig, doch unfaßbar, strahlend und doch undurchschaulich. Du kannst sie abwandeln, verändern, du kannst das ganze Axiomengebäude in ein anderes überführen. Ein paar Beweise, eine Transformation, eine Abbildung, eine Permutation sind nötig - alles bleibt beim alten. Vielleicht ist es ein Automorphismus, ein Isomorphismus, ein Endomorphismus. Das ist die Mathematik: Ein Objekt verändern und nachsehen, was ist unverändert geblieben. Absurdestes des Absurden, und doch: nützlich, begeisternd, verstrickend.

Es ist eine Sphinx, die Mathematik, aus ihren unergründlichen Augen kommt viel, halb Licht, halb Schatten. Das Licht hebt den Schatten auf, der Schatten düstert das Licht zur Nacht. In diesem einzigen Zwiespalt, in dieser Disharmonie des Inhaltlichen bewegen sich die Geister, die der Mathematik sich verschrieben. Es ist ein Wahnsinn. Sie singt nicht, lacht nicht, vielleicht lockt sie nicht einmal, und dennoch fliegen die Aufwärtsstrebenden ihr zu. Sie tasten, stolpern wie Blinde und merken nicht, daß die Angebetete nackt ist. Eine nackte Schönheit, die Mathematik: männlich, lüstern, männeranlockend.

Sie will erobert sein. Wer mit ihr eine Nacht im Bette schlafen will, der muß ein Held sein. Es nützt nichts, sie zu umschmeicheln, sie zu betören, sie zu versuchen. Mit einem einzigen Gewaltstreich, mit einem kühnen Griff muß sie gebändigt werden. Mit Zwang und wilder Lust muß aus ihrem Leibe ein neu Geschlecht, ein neuer

Sohn, das Neue herausgepreßt werden. Es verbinden sich Original und Bild zu einer Einheit. Die Funktion ist geboren. Strahlend geht sie zu klären, zu erklären. Sie schlägt Brücken zwischen fernen Welten. Nun ist es ein Ding, ein einziges, sich selbst zur Zierde, eigen nur sich selbst.

Nun kommt auf rasenden Rossen herbei das Integral. Es ist wie des Eros blutvoller Zwang. Der Strudel der Allgegenwart saugt die hinschwindenden Differenzen bis zum Endlichen hinauf, schlingt, verschlingt die Leiber, welche fielen, glitzernd und bodenlos. So rafft das Integral Raumsplitter, wirre, verworrene Teile der Figur, des formelgeprägten Bodens, schnürt und verändert, teilt in allen Möglichkeiten die Felder auf und faßt sie wieder zusammen.

Es bleibt: Eine Zahl! Größtes Ereignis, aus verworrenem Sinn jenes faßbar Unfaßliche zu gewinnen. Die Zahl ist so rundherum schön, so ganz neu in jedem Augenblick, so selbstverständlich in ihrem Dasein, daß sie sich selbst zu erfüllen scheint.

Schräger Zinnober 13.2.1966

Ein rot sich rundendes Zauberei sprang entzwei. Was ich damit wohl meine, ja, du errätst es. Ich war auf dem roten, wilden, lebensvoll-schrägen Faschingsfest Zinnober. Wer kennt nicht Friedrich Georg Jüngers Gedicht vom Fliegenpilzwald, wo er sich eine Hexe wünscht, 14 Jahre alt. Meine Hexe war nicht 14, und es war keine Hexe, und wenn, dann nur oben auf dem Kopf, sonst war sie eine Meerjungfrau. Aber der Fliegenpilzwald war echt oder waren es nur rote Papierfetzen?

Behext, verhext, alles hüpfte, floh, quirlte durcheinander. Die kleine Hexe sagte: wie Flöhe, und damit traf sie es. So ein toller Trubel, so ein tolles kleines Biest. Studentin vielleicht, nein, mehr sagte sie nicht, mehr war nicht zu erfahren. Sie blieb anonym - und war am Ende doch so weit, daß sie mit mir traurig war. Kleines Fliegenpilzding, so mit roten Bändern am Kopf besteckt.

Aber ich sagte ja schon, unten Meerjungfrau, und als solche ist man nicht seßhaft, kommt her aus dem Westen und will nun sogar ins Ausland und das in 14 Tagen. Ich habe sie geküßt - weißt du, wie man Meerjungfrauen küßt? Sie sträuben sich zwar, aber im Trubel, im Spuk, wild dreht sich das Rad, in das man kriechen kann und darin herumgeschleudert wird, drehen sich die Köpfe mit. Plötzlich befindet sich Mund auf Mund, eh sich's gedacht.

Toller Wirbel, tolle Stimmung! Kleine Hexe, kleine süße Gefährtin dieser Nacht. Als ich die Zeilen ihr des Jüngerschen Gedichts sprach, fragte sie: was?, oder wer?, oder was weiß ich. Aber ohne ihre Frage zu kennen drehte ich meine Handflächen nach außen zu ihr, die Daumen aneinandergelegt und sagte: das ist der Spiegel! Sie sprach: der Spiegel ist blind!

Tolles Fest, wilder Karneval. Durch die Röhre kroch ich nicht, bald schon war sie besetzt. Man ruhte sich darin aus, rauchte darin. Aber auf das Podium, das quer durch den Saal ging, stieg ich mit ihr hinauf und dann hui, die Rutschbahn hinab! Die Musik zischte und schrie, die Musiker hampelten kreuzweis herum. Schlangen wanden sich quer durch die Tanzenden.

Die Masse kochte, dampfte voll Lebenslust und wilder Lust. Und die Meerjungfrauhexe verhedderte in ihrem Netz die Knöpfe der Herren. Sie mußten sich langsam erst befreien. Auch ich heut morgen, aus ihrem Netz mich, ihrem Garn. Süße kleine Fliegenpilzhexe, Meerjungfrau im schrägen Zinnober - der tolle Spuk ist vorbei.

Der Stierkampf

Gesetzt, die Corrida del Toro, der Kampf mit dem Stier, wäre ein komprimiertes Abbild des Kampfes der Existenz, der Stier der Mensch, die Arena die Kugel der Welt, die Kämpfer die Herren des Schicksals, die gaffende Menge die Höllenbrut, die es sich gelegen sein läßt aus jenseitigen Gefilden dem Schauspiel beizuwohnen, sich trotz der scheinbaren Unbeteiligtheit schwerste Schuld auf die Schultern lädt. Wenn der Stierkampf also, vom Augenblick an, wo der Stier den Zwinger verläßt und in die Arena stürmt bis hin zum Hinausschleifen des Stierkadavers das Dasein des Menschen darstellt - ich frage: Was ist dann der Mensch?

Ist er ein Handelnder oder einer, der immer nur absenkt die Hörner ohne zu stoßen und zu treffen, ein Kämpfer oder nur ein Bekämpfter, ein Geführter, vielleicht nur Genasführter, einer, der bunten Fahnen, gefärbten Meinungen, gedonnerten Propagandaparolen, ausgebrüteten Ideen hinterherrast, wild, wahnsinnig, überschäumend vor Wut, am Widersinn der Realität fast erstickend?

Der Stier stürzt in die Arena. Rund ist sie geformt, zwei konzentrische Kreise gestalten das Feld, weit recken sich die Ränge, dicht an dicht mit Zuschauern besetzt, brütend die Hitze, wild die Musik, indifferent die Menge. Der Stier rennt durch die Arena, jung, kraftvoll, schnaubend. Seine Beinmuskeln spielen, Gebirgen gleich, raubkatzenhaft sind seine Attacken. Die Nebenkämpfer huschen hinter den Barrieren hervor, locken den Stier vier, fünf mal von Stelle zu Stelle, springen immer wieder furchtsam hinter die schützende Umzäunung, äffen den Stier und necken ihn.

Schließlich stolpert der Matador in die Arena hinein, mit rotviolettem Harlekinsmantel, läßt den noch unverletzten, nur durch zwei kleine, ihm in den Nacken getriebene Nägel gereizten und um die Übersicht gebrachten Stier stürmen. Er stellt sich, den Mantel vor den Körper haltend, dem Stiere scheinbar dar. Dieser rennt auf den Torero zu. Der Torero führt das Tuch zur Seite, das Tuch gleitet dem Stier über die Hörner, sein Anlauf ist vertan. So stürmt der Stier mehrere Male.

Ein Signal ertönt, im Hintergrund öffnen sich die Tore und zwei Pikadores, auf ihren Pferden, reiten in die Arena. Gespenstisch ist ihr Aussehen. Schemenhaft gleiten sie dahin, besetzen die ihnen vorgeschriebenen Plätze. Drohend stehen sie dort am Rande der Arena. Zum Schutz gegen die Hörner und die ungeheure Kraft des Stieres sind die Pferde auf der einen Seite von einer Matte umgeben. Damit sie nicht springen vor Furcht sind ihre Augen verbunden. So stehen sie, wie das urmächtige Schicksal, unverletzbar und blind, auf ihrer Stelle.

Die Pikadores auf ihren Sätteln senken die Lanzen. Der Stier scheint zu ahnen, daß ihm hier, bei den Pferden, die ihn zermürbende große Gefahr droht, denn er hält sich ihnen fern. Aber nun treten die Nebenkämpfer in Aktion, locken den Stier immer näher an den Pikador heran und plötzlich zwingt etwas den Stier. Er rennt an, das Pferd wankt unter seiner Wucht. Der Stier hebt ungestüm das Pferd fast über die Barriere, sich dabei schwächend, die Kraft vergeudend. Der Pikador auf dem sicheren Rücken des Pferdes stößt die Lanze dem Stier in den Rücken, blutig rinnt es an ihm hernieder. Schließlich ein Signal! Die Kämpfer locken den Stier vom Pferde fort. Geisterhaft, wie sie gekommen, verschwinden die Pikadores durch die Tore.

Der Stier ist gezeichnet. Die Geschmeidigkeit der ersten Sprünge ist vorüber. Das Blut läuft ihm in breiten Bahnen den Leib hinunter. Seine Zunge steht starr und weiß dem Maul heraus. Fäden von Geifer fließen aus seinen Nüstern. Nun jagen ihn wieder die Kämpfer, bis der Torero ihm die Banderillas wie bunte Fähnchen in den Nacken stößt. Da ist der Stier wie eine Possenfigur geschmückt, steht wie ein Narr, der vor lauter Trauer Späße treibt.

Endlich kommt die letzte Prüfung für den Ermatteten. Hochmütig, geziert daherstelzend naht der Torero. Das Spiel, das den eigentlichen Kampf ausmacht, beginnt. Wie kämpft der Stier. Was bekämpft er und womit kämpft er? Der Stier rennt an gegen ein Schattengebilde, das rote Tuch. Die Muleta wird ihm breit und rot hingehalten und er stößt darauf zu. Der Stier kämpft nicht mit dem Torero, er kämpft mit dem Tuch! Ein Kampf mit dem Trugbild! Kann dies Kampf genannt sein? Der Torero kämpft, der Stier versucht zu kämpfen. Der Torero kämpft auch nicht, er steht in steifer Haltung da, hüpft in Tanzschritten von Stelle zu Stelle, ein Hanswurst mit grimmiger Gebärde, und läßt den Stier rennen.

Der Stier ist nun so, wie ihn der Torero braucht: ein Zerrbild einstiger Kraft. Ja wäre der Torero Manns genug, dem Stier zu begegnen in dessen wahrer Kraft, er könnte wenigstens Achtung erwarten für sein Gewerbe. So aber ist er nur Matador, Töter, ein ängstliches Menschlein, welches hinter seinem roten Tüchlein hervorlugt und zitternd hofft, daß der Stier nicht Kraft genug besitzen mag, sich gegen das Geschmeis zu verteidigen.

Für den Torero und die Menge gliedert sich die neue Kampfphase in aufeinanderfolgende Figuren, die voll Glanz und Grandezza dem Stier aufgezwungen werden. Kann dies Kampf sein? Nein! Ein Schauspiel ist es, ein Schattenboxen, ein Spiel vielleicht mit der Gefahr. Aber handelt hier der Stier? Gewiß, er könnte handeln, wenn er nicht so töricht stur immer wieder nur das Tuch berennen würde, so berechenbar immer wieder den gleichen Stoß täte, die gleiche Wendung übte, die identische Bewegung vollführte. Wie eingeübt rast er in sein Verderben. Der Torero fächelt dem Stier das Tuch vor den Augen herum, daß dieser gänzlich apathisch wird. Er ist auch schon sichtlich geschwächt. Sein Kampf besteht im Verbluten und dem Nachspringen eines Phantoms.

Würde der Stier wirklich Handelnder sein, so wäre das Spielgeschehen gestört. Ein zerfetzter Torero wirbelte durch die Arena, der Kampf müßte durch einen anderen Matador fortgeführt werden, eine mißliche Angelegenheit. Die Menge wäre trotzdem auf ihre Kosten gekommen. Aber so weit kommt es hier nicht. In ordentlichen, abgezirkelten Bahnen verläuft das Turnier. Appell, Attacke, immer wieder, bis schließlich der Torero den Degen, den er bisher zum Spannen des roten Tuches benutzte, zum Stoß erhebt. Der Stier weicht angstvoll zurück. Eine Ahnung scheint ihm zu sagen, daß nun die äußerste Gefahr droht. So versteckt der Torero die Klinge wieder und läßt den Stier wiederum laufen. Langsam gewöhnt sich der Stier dabei an die Todesgefahr, spürt vielleicht die Unbarmherzigkeit des Geschehens und fügt sich.

Beim dritten Blankziehen der Waffe weicht er nicht mehr. Tapfer empfängt er den Stoß. Jedoch, wie der Tod so oft, er ist nicht gefällig. Das Herz ist ungetroffen geblieben und nun treten die Nebenkämpfer wieder in Aktion, auf daß sich der Torero vom Fehlstoß erhole. Drei an der Zahl umflattern sie den todwunden Bullen, umkreisen ihn wie Fliegen die offene Wunde, necken, quälen, umgaukeln seine Sinne. Schließlich geht der Torero zum Stier, zieht ihm die Klinge aus dem Leib. Der Stier, mit blutig schäumendem Maul, läuft ein letztes Mal an. Der Torero stößt zu. Matt sinkt der Stier in sich zusammen. Der Torero ergreift einen

Dolch und tötet mit sechs raschen Stichen am Genick den einst so stolzen Bullen. Eifrig applaudiert die Menge. Eine große Tat ist geschehen. Eine Knechtsgestalt hat den Heroen besiegt! Der Torero wird mit Blumen überschüttet. Der Stier wird, nachdem man ihm den Skalp, nein die Ohren entfernt, von zwei Gäulen aus der Manege geschleift, eine blutige Spur hinterlassend.

Ich frage noch einmal: Was ist der Mensch? Ist er ein Handelnder, ein Kämpfer oder nur Zeitvertreib für eine Welt der anderen, bösen, überlegenen Dimensionen? Ich wage die Frage nicht zu beantworten, denn gesetzt, der Mensch im Dasein käme dem Stier in der Arena gleich, was wären dann alle seine Taten und Leiden? Die Leiden der Menschen wären gewollt und echt, denn auch im Stierkampf betrachtet der Spanier echte Leiden der Kreatur, weidet sich daran. Jedoch die Ereignisse, auf die wir reagieren, wären nur ein Tuch, welches ein anderer schwenkt. Dieser andere, dessen Leib wir nicht sehen, auf den wir nicht stoßen können, weil er unangreifbar schemenhaft erscheint, erntet die Früchte unserer täppischen Bemühung. Zerschlagen fallen wir dem Tod anheim.

Wie das Spiel gewinnen? Vielleicht, indem wir das scheinbar Gefährliche, die Sinne aufpeitschende, sie attackierende, das Sichbewegende, Sichwandelnde für unwichtig halten und auf das so unscheinbar Ruhige loseilen und so das in todbringender Starrheit Verharrende angreifen und vernichten. Und wenn nicht dies, dann Mensch: Schließ die Augen und schlag zu! Der Stier, der dicht beim Torero die Augen schlösse und um sich schlüge, wäre die äußerste Gefahr für den Popanz. Werdet irregulär in euren Gedanken und Taten. Seid dem Schicksal gegenüber nicht so brav und naiv, schlagt dorthin, wo ihr nie den Feind vermuten würdet - ich gebe mein Wort, ihr werdet den Kampf gewinnen.

Die Existenz von weißen Mäusen 1971

Wir saßen friedlich am Mittagstisch, als Herr Bürcks plötzlich die Bemerkung aufstellte: „Übrigens, es gibt keine weißen Mäuse!" Wir erstarrten. Die Sekretärin, Frau Essek, ließ vor Schreck den Löffel in die Erbsensuppe fallen und auch die anderen Damen erbleichten. „Wie das?", "Aus welchem Grund?, „Nennen Sie eine Erklärung!" tönten sie durcheinander.

Herr Bürcks ließ sich Zeit, geheimnisvoll den Rauch einer Zigarette von sich zu blasen. Dann sagte er überraschend: „Ganz klar, es gibt keine weißen Mäuse!" - Wieder andächtiges Staunen, nur ab und zu unterbrochen durch das Klicken, wenn einmal eine Löffelerbse vom Löffel kullerte und auf den Teller zurückfiel.

Dann aber faßte Frau Essek sich ein Herz und sagte: „Das müssen Sie aber beweisen!" - Herr Bürcks konterte: „Ich beweisen, niemals, Verehrteste, ganz im Gegenteil liegt die Beweispflicht ausschließlich bei Ihnen!" – „Beweisen, nichts leichter als das. Ich bringe einfach eine weiße Maus mit."

Herr Görcks, der sich bis dahin zurückgehalten hatte, lachte überlegen. „Wenn weiße Mäuse nicht existieren, werden Sie auch keine weiße Maus herbeibringen können." Einschränkend fügte Herr Bürcks hinzu: „Die Nichtexistenz von Kilometerzählern an dreirädrigen Pkws, wie Herr Görcks behauptet, ist Unsinn".

Das war der bemerkenswerte Unterschied zwischen den Herren Bürcks und Görcks. Herr Bürcks behauptete die Nichtexistenz von weißen Mäusen, nicht aber die von Kilometerzählern an dreirädrigen Pkws, wogegen Herr Görcks sich beide Behauptungen zu eigen machte.

Die Sublimation geistiger Existenzbetrachtung hatte also bei Herrn Görcks gewissermaßen schon eine höhere Höhe erreicht als bei Herrn Bürcks. Dafür war aber Herr Bürcks eher bereit, so mißliche Tatsachen in die Öffentlichkeit hineinzutragen als Herr Görcks.

Nach dem Tischgespräch standen am Schluß Behauptung gegen Behauptung, oder besser, Behauptung und Gegenbehauptung friedlich im Raum nebeneinander. So auf einem Punkt angelangt wurde die Tafel aufgehoben.

Am nächsten Tag brachte der Aktenhucker eine Seite des Brockhaus, von Frau Essek kopiert, zu den Herren Bürcks und Görcks. Darin wurden die weißen Mäuse als Mäuse-Albinos bezeichnet. Nun mußte man, dies wurde schriftlich getan, einwenden, daß Essenz noch keine Existenz beweist, daß also der Terminus weiße Maus an Stelle von Mäusealbino noch nicht besagt, daß es unter den Mäusen Albinos gibt. Z.B. ist ein weißes Krokodil ein Krokodilalbino - wer aber hätte je von einem weißen Krokodil gehört?

Die Entgegnung wanderte per Aktenhucker zu den Damen zurück und ließ offenbar die Gemüter sich geringfügig erhitzen. Am nächsten Morgen brachte der Bote ein Päckchen zu den Herren Bürcks und Görcks. Darum war ein rosa Schleifchen herumgebunden, an dem ein Zettelchen befestigt war mit der Aufschrift: "Frohe Weihnacht!". In dem Kästchen saß, was soll ich es verheimlichen, eine schneeweiße weiße Maus.

Herr Bürcks sagte: „Ach du grüne Spinatgans", dagegen sagte Herr Görcks nur: „Was machen wir jetzt?". „Ganz einfach", sagte Herr Bürcks, „Anstreichen!". Das war einfacher gesagt, als getan. Woher die Farbe nehmen? Aha, dort im Schubfach war eine Tuschpatrone, die würde brauchbar sein. Aber könnte sich die Maus nicht erkälten oder gar eine Mandelentzündung holen?

Alle Bedenken mußten zurückstehen, denn es galt, die Basis künftiger Argumentation aufrechtzuerhalten. Nachdem eine Farbtunke gemischt, wurde klein Mäuschen dort hineingetaucht. Da half kein Quieck und kein Pieck. Am Schluß saß die einst weiße Maus ziemlich fleckig in ihrem Kartönchen.

Als sie dann endlich trocken war präsentierten wir sie der Damenriege. "Sie hat mutiert", sagte Herr Bürcks. „Ihr Unholde", sagte Frau Essek, nahm den Karton mit der Maus, schloß ihn, steckte ihn in die Handtasche und schob uns auf den Flur.

Nun war der Maus ja nichts ernstliches geschehen und so wurde die Frage der Existenz von weißen Mäusen nach einer gewissen Zeit wieder aufgewärmt. Natürlich sagte Frau Essek, daß die Tatsache, daß die weiße Maus angemalt wurde, Beweis genug sei, daß die Herren Bürcks und Görcks am Ende ihrer Weisheit angelangt waren, sie damit also indirekt zugaben, daß weiße Mäuse durchaus existierten.

Dagegen argumentierten die beiden, daß die Möglichkeit, eine scheinbar weiße Maus in eine nichtweiße verändern zu können, bewiese, daß die Existenz von weißen Mäusen insgesamt ungesichert wäre. Denn was wäre die Existenz einer weißen Maus schon wert, wenn sie so einfach beseitigt werden könne.

Bei einer Zusammenkunft mit einigen früheren Studienfreunden erzählte ich ganz beiläufig von der Angelegenheit, und bat einen Zoologen um eine Stellungnahme, die vielleicht die Problematik entscheiden würde. Er hörte mir aufmerksam zu, ohne den Ernst der Fragestellung in Zweifel zu ziehen.

Ich sagte: „Abgesehen von der Existenz oder Nichtexistenz von Kilometerzählern an dreirädrigen Pkws erheischt die Frage nach der Existenz weißer Mäuse unbedingt eine Antwort".

Der Zoologe behauchte die Brille, putzte sie, setzte sie auf, zog die Stirn in Falten, räusperte sich, blickte mich an, sprach: „Die Ratten sowohl wie die Feldmäuse zählen zur Familie der echten Mäuse, wogegen etwa Wühlmäuse etc. nicht in diese Gruppe gehören.".

Ich bemerkte ihm gegenüber, daß ich mich nicht für die Familienzugehörigkeit von Wander- bzw. Landratten interessiere, es hier einzig und allein um eine Existenzbetrachtung ginge, die sich auf weiße Mäuse richte. Es ginge um die Frage: Existieren weiße Mäuse, ja oder nein? Er blickte verblüfft.

Zufälligerweise war im Raum ein Philosoph schlimmsten Kaliebers anwesend, der die Tatsache großzügig übersah, daß er persönlich gar nicht angesprochen worden war. Der spulte sofort los, so als wenn ein Pfropfen aus der Sektflasche fliegt. Der Druck steigert sich, steigert sich. Noch ein wenig geschüttelt - pfiff, der Korken fliegt!

Er spulte also los und war nun nicht mehr zu bremsen. Er packte das Problem, knackte, zerhackte es. Und dann legte er erst richtig los:

Ontisch-ontologisch gesehen sind synthetische Urteile á priori die einzig verläßlichen. Es muß durch Beweis á priori ans Tageslicht gebracht werden, daß entweder weiße Mäuse existieren oder nicht. Soviel also zur Methodik!

Der Aprioribeweis der Existenz basiert auf Evidenz. Gehen wir aus von der Evidenz, daß sowohl Existenz als auch Nichtexistenz von weißen Mäusen gegeben sein kann.

Ontisch schließt Nichtexistenz Existenz ein, denn im Potential der Nichtexistenz als unendliche Mannigfaltigkeit wesenden Ens, ist notwendigerweise schon immer Nichtseiendes vom Wesen des Seins mitgemeint.

Wir reduzieren also die evidente Ausgangsaussage auf die Feststellung: es gibt keine weißen Mäuse, die die Aussage der Existenz miteinschließt. Gelangen wollen wir zu einer ontologischen Aussage der Nichtexistenz, die die Existenz existentiell nicht mehr einschließt.

Evident ist, daß Aussagen über Nichtexistentes immer richtig sind, da das Gegenteil nie nachweisbar ist. Angenommen nun, weiße Mäuse existierten nicht, so ist diese Eigenschaft der Nichtexistenz Eigenschaft aller weißen Mäuse.

Andererseits ist für nichtexistente weiße Mäuse die Nichtexistenzeigenschaft vorhanden und nichtvorhanden, da die Aussage sowohl wahr, als auch unwahr ist. Daß die Aussage auch falsch ist, bedeutet aber Negation der Negation.

Dies besagt, daß die Existenz weißer Mäuse aus der Nichtexistenz heraus bewiesen werden muß, daß also weiße Mäuse unter der Prämisse existieren, daß sie nicht existieren. Dies ist durch schlüssigen Beweis ans helle Tageslicht gekommen.

Ich atmete auf. Also hatten die Herren Bürcks und Görcks nicht recht mit ihrer grotesken Methode, greifbarlich Zuhandenes einfach abzuleugnen, Existenz von Existentem abzuleugnen, ja, die Eigenschaft der Existenz einfach zu negieren.

Der Herr Philosoph fuhr abrupt in meine Gedanken hinein. Hiermit ist natürlich noch nichts bewiesen, aber es ist ein Anfang gemacht.

Es ist eine Aussage gewonnen, aus der nun die eigentliche Behauptung deduziert werden kann.

Wir definieren das gewonnene Resultat als im Hegel'schen Sinn gefundene Thesis und beginnen nun die Marx'sche Umstülpung. Wir hatten gewonnen, daß weiße Mäuse unter der Prämisse ihrer Nichtexistenz existieren. Dann ergibt die dialektische Umkehr, daß weiße Mäuse unter der Prämisse ihrer Existenz gerade nicht existieren.

Ich sagte zu ihm: „Das ist ein Zirkelschluß, das ist geradezu ein philosophischer Purzelbaum". – „Nein", sagte er, das ist Dialektik, und Dialektik ist das Höchste - oder wollen Sie etwa etwas gegen die schönste Blüte philosophischer Spekulation sagen?"

Ich verneinte dankend, denn: Kant stand Pate, Hegel assistierte, Marx reflektierte. Nach Kritik, Spekulation und dialektischer Umkehr stand fest, als das Denknotwendige schlechthin aus absoluter Wahrheit und Philosophie-bezüglicher Evidenz der Satz:

Es gibt keine weißen Mäuse!!!

Die Faust 18.April 1978

Die Nacht war tief verhangen und ich erwachte. Durch die Scheiben glitzerte der Mond, die Schatten huschten vorüber. Da, meine Hand, bewegte sich, schien zu leben, aber in anderer Weise als sonst. Sie vibrierte, pulste und da, langsam formte sich aus Urschleim, so schien es, ein eigentümliches Gebilde.

Es blähte sich die Faust, bis sie zu einem runden Ding geworden war, hin- und herpendelnd die Herrschaft an sich riß und da, ich stierte sie an, ward sie zum Haupt, zum Menschenkopf. Erst blaß, blutleer, faltig, dann aber langsam voller, runder werdend bekam es beklemmende Lebendigkeit, bewegte Mund und Augen.

Meine Hand, wie Eis, schien einer fremden Welt anzugehören. Ich schrie, hielt die andere Hand vor meine Augen, wehrte ab das grausame Schreckgespenst, wollte es verjagen, doch wie? Angewachsen war es doch, selbst Teil meiner selbst, ließ es sich nicht entfernen.

Ich schlug mit dem Arm, auf dem sich das fremde Wesen eingenistet, auf die Kante des Tischs. Eine rote Spur zog sich über das Gesicht sofort und ich, gepeinigt von wahnsinnigem Schmerz, kämpfte um die Besinnung.

Aber das Schreckliche weiter sehen zu müssen, niemals, so dacht ich. Ein Tuch nahm ich, stülpte es über die Faust, die nun zum Kopf geworden. Endlich allein! Die Gedanken jagend, versuchten sich zu ordnen. Was anfangen, was beginnen?

Unter dem Tuch rumort es. Aber ich gebe nicht nach, denn nun gilt es. Die Gefahr wird ungeheuerlich. Ich laufe gehetzt durch die Straßen. Töne kommen auf, Gebrüll - da eine Menge, ich stolpere durch ihre Reihen, immer enger, vorwärts zu ihrem Kern.

Man redet, schreit Parolen, donnernd rauscht Applaus zum Podium. In meiner Faust, unter dem Tuch, vibriert es, ich wehre mich, leise letzten Widerstand. Aber übermächtig zuckt es durch meinen Nerv.

Alles steuert nun vorwärts. Drang wächst ins Ungeheure. Und nun hinauf aufs Podium und nun mit einer ruckhaften Bewegung reißt die freie Hand die Bedeckung fort. Die Faust mit dem Kopf kommt zum Vorschein, blutig und rot, und spricht zur Menge und schreit und heult wütende Gewalt in die Masse hinein, daß sie wie von Furien gepeitscht losbricht in orkanartigem Geheul.

Nun denn Wogen des widerstandslosen Andersseins greift von mir Besitz. Da nun jener Kopf, der erst ein anderer schien als ich, sich aufschwingt mich und euch zu beherrschen, fließt Blut an ihm hinab, spült alle Warnungen hinweg!

Die Woge der Menschen rennt über das Feld, wandert in meinem Zwang. Und dort der Kopf nun, riesenhaft groß gewachsen zu schreckhaftem Ausmaß, donnert die Sprache wie Sturmgewalt, reckt sich drohend hinan.

Rationalisierung füchsisch 20.11.84

Jetzt!, sagte der Fuchs zu der Hühnergesellschaft, die ihn neugierig beäugte, jetzt ist offenbar, daß ich das friedlichste Geschöpf unter den friedliebenden Tieren der Erde bin. Was ich, von allen verkannt, im Schilde führe, ist doch nur das beste für das hühnerische Federvieh.

Seit das Konzept von der Rationalisierung des Hühnerbestands umsichgreift, wird auch der letzten Henne klar, daß sie sich ganz und gar, mit Federwisch und Federkiel, auf die Belange dieser großartigen Umstrukturierungsaktion einzustellen hat.

Sicherung der Futterplätze steht obenan - wir sichern sie! Wir, Fuchs und Hühner, in Kooperation, haben eine wahrhaft gigantische, wenn nicht heroische Aufgabe vor uns, Schritt für Schritt in der gebotenen Rationalisierung fortschreitend, alle Dimensionen dieser Aktivität zu durcheilen und den Durchsatz der Hühner in jeder Richtung zu verstärken.

Und gackert einmal ein Huhn: Hühner aller Hühnerrassen vereinigt euch!, so halten wir dem entgegen: Die materielle Existenz der Hühnergesellschaft hängt langfristig gesehen von Erfolg oder Mißerfolg der füchsischen Rationalisierungsbemühungen ab.

Wir müssen es ganz deutlich machen, daß Zusammenschlüsse von Hühnerställen, durch die damit gegebenen Synergieeffekte primär dafür geeignet sind, die Überlebensfähigkeit des Gesamtbestands zu sichern. Daß dabei das eine oder andere Huhn im Zuge von sich ergebenden Rationalisierungsmaßnahmen von Füchsen freigesetzt werden muß, ist eine zwar bedauerliche aber nicht zu vermeidende Angelegenheit.

Die Entscheidung darüber sollte auch, bei allem Respekt für die Animositäten und Ängste der Hühnerschar, ausschließlich den Füchsen vorbehalten bleiben. Um es ganz deutlich zu sagen: Hühner sind da zur Futtersuche, Füchse für die Aufrechterhaltung, Reduzierung und Verwertung des Hühnerbestandes.

Es muß auch dem letzten Huhn klar gemacht werden, daß die großen unternehmerischen Herausforderungen nur in Gemeinsamkeit von hühnerischem Produktionseinsatz und füchsischem Unternehmertum bewältigt werden können. Nur Kooperation von Huhn und Fuchs in wettbewerbsfähigen Geschäftsstrukturen kann in sich verengenden Märkten und verschärfender Konkurrenzsituation ein Überleben des Ganzen sicherstellen.

Bei der anstehenden Fusion zweier Hühnergehege sollten Fragen von Schutz der einzelnen Henne ausgespart bleiben. Wir haben ein Rationalisierungsschutzabkommen, und damit ist es genug. Wo kämen wir hin, wenn wir jedem Huhn Bestandsschutz garantierten. Das kann das Ziel einer Rationalisierungsmaßnahme nicht sein!

So ist die Forderung nach einer Betriebsvereinbarung, die den Schutz für die einzelne Henne garantiert, eine von der Fuchsleitung nicht zu akzeptierende Forderung. Auch der Forderung, daß Rationalisierungsmaßnahmen nur in Gemeinsamkeit von füchsischer Geschäftsleitung und hühnerischem Betriebsrat durchgeführt werden dürfen, kann vom füchsischen Vorstand nicht entsprochen werden.

Es würde den ganzen Synergieeffekt in Frage stellen, wenn überflüssige Hennen, nach der Vereinheitlichung der inneren Abläufe in den einzelnen Huhn-Bereichen, weiterhin den

Hühnerhof bevölkerten und nicht einer füchsisch orientierten Bestandsreduktion anheimfallen würden.

Wenn wir Entscheidungen treffen, muß stets das hehre Ziel im Auge behalten werden: Vergrößerung des Hühnerbestands als ganzes, Reduzierung und Dezimierung des Bestandes in einzelnen Bereichen. Hühner, laßt euch nicht verhetzen, seid rationalisierungsbereit! Wir Füchse sind es schon lange.

Der Pirol August 1988

Ich lag und träumte von einem herrlichen Gesang, dem eines Vogels wundersam. Meine Gedanken kreisten, was für ein Vogel es sei. Sein Ruf war voll und klar. Das war kein kleiner Zwitscherling, kein Zeisig, Zilpzalp oder Zaunkönig gar. Ein großer Vogel mußte es sein mit weithin hallendem Schrei. Plötzlich wußte ich es, obwohl ich es kaum zu glauben wagte und obwohl sich ab und an knarrende, grunzende Töne einmischten, die neckten, meine Andacht störten.

„Ein Pirol, ein Pirol, Margarete" rief ich „draußen singt ein Pirol." - „Ein Pirol kann es nicht sein, dafür ist es zu laut." - „Aber hör doch, hör doch, wie herrlich er singt!"

Schön tönte es: „Düüt, düüt, düüt." Nun voll erwacht war ich ebenso entzückt wie im Traum. Doch dann, was war das? „Rata, rata, rata - grumpf, grumpf, grumpf, grumpf.". Ich traute meinen Ohren nicht. Das war nicht mehr der Ruf eines der seltenen Vögel, das war das Gekrächz eines wahrhaft abscheulichen Ungetüms.

„Dingdong, dingdong, dingdong" ging es weiter, „Quarks, quarks, quarks, quarks". Also nun war ich doch irritiert. Gänzlich den Schlaf abschüttelnd ging ich auf den Balkon. Unten stand ein zu alt gewordener Hippie mit Wasserschlauch in der Hand und spritzte die Straße naß. Sein Aussehen glich dem eines für den Fasching verkleideten Affen und von ähnlicher Gemütsart war er auch.

Nicht, daß er nur die Straße Ibizas wässerte, vom Staub befreite - sein Begehr ging darüber hinaus. Er dachte - dachte er? - nun, er dachte so in seinem Sinn, auch gleich sämtliche Wagen, wenn nicht zu säubern, so doch wenigstens zu wässern. Das tat er dann auch gründlich um 4 Uhr morgens in der Früh.

Einer der Wagen wehrte sich. Er war offenbar von dem Duschbad keinesfalls angenehm berührt und da er, ausgerüstet mit einem Alarm aus variationsreich modulierter Folge von Tönen, Knarrern, Krächsern, Geräuschen der festen Meinung war, jetzt und hier finsteren Mächten ausgesetzt zu sein - wer denn sonst würde Wasser zu Hauf gegen die Sensoren spülen - legte er los.

Halb Pirol, halb Dampfkesselpfeife. Einmal knatterndes Maschinengewehr, dann auf Pfannenblech kratzende Stahlzinkengabel. Der Schlaf war nun gänzlich dahin. Ich bescheinigte dem Hippie lautstark, er sei ein krummbeiniger Affe, der besser im Urwald als in der Zivilisation aufgehoben wäre, was diesen keineswegs beeindruckte, da er den Sinn der deutschen Worte nicht verstand.

Schließlich kam huckernd und frierend ein zartes Jüngelchen getrabt, noch ganz verschlafen in Pyjamahose und Hemd. Das tötete den Alarm. Der Pirol auf vier Rädern war wieder stumm.

Chevallier 19.10.1995

Die Reiter standen in Reihe. Hinter uns hob sich rotglühend die Sonne empor zum Firmament. Die Waffen glitzerten erst fahl, dann flammend. Ein Befehl - die Woge rauschte voran. Wir waren wie trunken, wild, ungeheuren Mutes, gewillt, alles zu brechen, was gegen uns stand.

Da der Feind. Ebenfalls wutkreischend, kampflüstern, von Sinnen. Wir prallten aufeinander funkenstiebend. Zwei Heere, die sich gegenseitig zerstückelten, zerfetzten, zerhieben. Wir, unsere kleine Schar voran! Die Schwerter klirrten um die Wette, Lanzen zischten, um uns fielen die Feinde wie Fliegen.

Da - ein Kerl wie ein Berg, von ungeheurer Kraft. Der eine Gasse von Tod und Untergang sich bahnte, kam auf uns zu. Rechts und links fielen die Waffengefährten, die geliebten, von seiner Hand in den Tod. Welch ein Entsetzen! Der Todbringer schritt voran, und keiner konnte sich mit ihm messen. Fliehen? - Und dann? Wenn wir flohen, war alles verloren. Dann brach die Meute über uns herein und mordete alles.

Schon fiel der erste der Engsten, der zweite, der dritte. Nun auf mich zu. Die Schwerter prallten aneinander. Mit geballter Wucht zwang er mein Schwert hinab. Mein Schild zerbarst unter seinem Schlag. Die Trümmer schepperten in den Grund. Ich stach nach ihm, verletzte seinen Leib. Ein Wutgeheul drang aus seinem Mund. Nun war ich verloren. Rache stand ihm im Blick.

Ein Schlag fetzte meinen Helm fort. Wie ihm noch standhalten?! Ich schrie: Hilf Chevallier! Hilf mir, hilf mir doch! Mein Schwert, so herrlich geschmiedet, zerbrach vom Schlag dieses Monstrums. Er holte zum tödlichen Schlag aus. Da drang Chevallier in den

Kreis. Dort, wo einer der unsern vor seinem Tod den Helm des Riesen getroffen, dabei die Platte gespalten, dorthin zielte des Chevalliers Schlag. Mit fast übermenschlicher Kraft schwang er das Schwert, traf den Helm an rechter Stelle, drang ein, drang tiefer, tiefer, schnitt den Kopf zur Hälfte entzwei, zur Gänze, drang tiefer, spaltete ihn, als wäre es ein Bündel Wachs, das Leben dabei dem Unhold entreißend.

Ein Schwall von Blut goß sich über uns hin, sprühte uns an, nebelte uns ein. Soviel Blut, wo nahm der Mensch nur dies viele Blut her. Das war beinahe lächerlich. Das war tatsächlich lächerlich! Das war lachhaft grotesk! Hier in dieser Schlacht, wo der Tod keine drei Schritte weit hockte, war die Möglichkeit, alles dies als komisch, unsinnig, lächerlich zu sehen absurd. Dennoch - dem Rachen des Todes kaum entschlüpft sah ich nur noch die Groteske vor mir, das zum Lachen reizende Bild des Grauens.

Wir sahen uns an und lachten! Chevallier, Chevallier, du bist wie ein rot gerupftes Huhn! - Und du erst - wie eine rot gehäutete Ziege! - Wir lachten, wir lachten. Wir griffen die Schwerter, ich das des Riesen. Chevallier das seine und stürzten uns auf die Feinde. Lachend schlugen wir sie, prustend stachen wir auf sie ein, glucksend mähten wir sie nieder. So rot von Blut wie wir waren, war bald Blut rings um uns. Die Schlacht war gewonnen. Chevallier, wir haben gesiegt!

Abends im Lager lachten wir noch immer, wo die Braten auf den Feuern sich drehten und die Becher mit roten Weinen kreisten. Ein Lachen war's, ein Lärm und wilder Gesang. Dann Stille. Chevallier sprach: Mut, Tapferkeit, Sieg! Danach ich: Gefahr, Rettung, Heldentum! Ich nannte ihn: Held Chevallier! Wie aus einem Mund sprachen wir: Laß uns Blutsbrüder sein jetzt und für alle Zeit! Nicht für dies Leben allein, sprach ich. Nein, sprach er, über den Tod hinaus. Zwei, drei Leben, sprach ich, - zehn, zwölf, sprach er, wenn es reicht! - Laß uns Blutsbrüderschaft trinken, sprachen wir geeint, für alle Zeit.

Der Becher, gefüllt mit Wein und Blut, besiegelte den Bund. Unzertrennlich waren wir fortan. Chevallier, das war eine Zeit! Die Frauen fielen in dieser Nacht über uns her und wir über sie. Die schönste von allen ging zwischen uns beiden hin und her. Chevallier, das war ein Fest! Bald warn wir vom Lieben erschöpft wie vorher vom Kampf der Schlacht.

- - -

Wieder ein Ritt. Diesmal nur wir zwei. Über die Ebene hin. Mittagsglut zwang das Haupt hinab. Wir verharrten schnaufend. Da! Wir sahen es beide zugleich, hob sich der Horizont. Eine strahlende Helligkeit um uns. Als wär die Sonne zu reinem Licht verdampft. In der Helle beiden sichtbar zugleich eine strahlende Gestalt - der Avatar!

Er sprach: Einst half ich euch in der Schlacht. Der Weg, den ihr nun wandelt, führt hinan, von Schlachten fort. Kein Mord mehr ist euch erlaubt, kein Haß, keine Niedertracht. Höret mich und gehorcht. So ist es beschlossen, so muß es gescheh´n, wenn ihr es wollt. Seid ihr bereit?

Wir nickten beide, vom gleichen Wunsch beseelt, Unrecht zu tilgen, das wir bisher geübt. - Dann ist es festgeschrieben, beschworen, bindend für kommende Zeiten, sprach er und schwand. Die Helle löste sich mit rollendem Geräusch im Sonnenglast.

Hast du's gesehn und vernommen wie ich?, fragte mich Chevallier. - Ich hab, sprach ich, und du, hast du geschworen wie ich? –

Ich hab! - So sind wir gemeinsam gebunden an unser Wort!

- -

Welch ein ungeheures Glück, in Freundschaft verbunden das höchste Ziel zu verfolgen!

Das Pferd und die Feuerwehr 28.9.1996

Liebe Ulrike,

Traumberichte sind nicht eigentlich meine Spezialität. Ich halte wenig von Ebern, die Jungfrauen in tiefe Bergseen hineinjagen, die darin baden, bis ein Einhorn sie in die Lüfte entführt - auch wenn die Sache sich noch so schön symbolisch ausdeuten läßt. In diesem Fall möchte ich Dir aber den Traum doch nicht vorenthalten.

Vor der eigentlichen Geschichte lag eine Szene, in der ich liebevoll und nachhaltig unserer Katz Kjompi das Fell streichelte, erst den ganzen Körper, dann mehr oben auf dem Kopf - sie warf sich herum, damit auch die andere Seite etwas abbekäme. Plötzlich, im Traum findet man ja nichts dabei, war aus Kjompi ein ziemlich hübsches junges Pferd geworden. Es lag wie Kjompi auf der Seite. Doch auch der Ort hatte sich geändert. Wir befanden uns nicht mehr auf dem Sofa zuhause, sondern auf der Ladefläche eines Kleinlasters und fuhren die Rathausstrasse entlang. Mein Freund Benni lenkte den Wagen.

Ich saß im Schneidersitz vor dem Pferd und kraulte es hinter den Ohren. Merkwürdig war nur, daß die Ladefläche zur Seite und nach hinten keinerlei Begrenzung hatte. Die Fläche war auch relativ klein und das Pferd lag einfach so ausgestreckt auf der Seite. Ich strich ihm über den ganzen Kopf - das mochte es aber nicht, es bog den Kopf zurück, warf sich auf die andere Seite, entblößte sein Pferdegebiß und näherte dieses meiner Hand. Na, mit Pferden habe ich nichts am Hut. Ich rücke rückwärts, das Pferd mir nach, die Sache wurde bedenklich.

Zum Glück kam jetzt die Brücke über die Bahn. Ein Schlenker nach rechts, das Pferd rutschte zur Seite, drehte sich, hing mit dem Kopf über die Ladefläche hinaus, noch ein Holper, schon waren auch die Vorderbeine draußen. Mein Freund bremste scharf, da lag es auf dem Pflaster, rappelte sich auf, blockierte die Gegenfahrbahn, wir die unsere, ein Verkehrschaos entstand, alles schimpfte, hupte, schrie. Ich versuchte das Pferd von der Fahrbahn zu bugsieren, aber wie. Leider hatte das Pferd weder Zügel noch Zaumzeug an, wie es sich gehört. Ich versuchte die Mähne zu ergreifen, was seine Augen zum Funkeln brachte, da war nichts zu machen.

Ach, leckt mir die Bollen, dachte ich. An der Ecke wohnte eine Tante von mir, schon älter, sehr distinguiert und nobel, zwischen Nippes und Kristallgehängen. Zu der wollte ich mich flüchten. Sollten die andern doch sehn, was mit dem Pferd zu gescheh'n. Ich also los. Das Pferd, verständig, mir nach. Mein Freund parkte den Wagen. Der Verkehrsstau löste sich auf. Das Ärgste war überstanden. Ich laufe die Treppe hinauf, umarme die Tante, hinein, eine Tasse Tee gefällig? Mit Zucker? - ja, zwei Stück. Welch heimelige Atmosphäre!

Da klingelte es draußen. Mein Freund Benni! Benni kam und mit ihm das Pferd. Meine Tante folgte, nicht alles begreifend. Das Pferd stand am Tisch, nahe dem Lüster und schüttelte die Mähne. Mensch Benni, sag ich, wie kannst Du nur, was machen wir hier mit dem Pferd, ich kenne mich mit Pferden nicht aus, sind mir geradezu unheimlich, also bitte, wenn es verrückt spielt, sieh doch mal meine Tante, ist schon ganz grün im Gesicht, und hier all die Nippes, was soll damit gescheh'n?

Das haben wir gleich, sagte Benni, in Amerika drüben, habe ich Mustangs geritten, ohne Zaumzeug und alles, das ging ab wie die Post, ist wirklich kein Problem. Er faßte das Pferd in die Mähne und schwang sich auf seinen Rücken. Zunächst blähte das Pferd nur die Nüstern, dann bäumte es sich auf. Dabei stieß es sich die Rübe, die Decke war zu niedrig. Benni aber, wie ein Pfeil die Bogensehne verlassend, flog zwischen die Bücher im Bücherschrank, sie krachten über ihm zusammen.

Meine Tante schrie wie am Spieß, sie konnte sich nicht beherrschen. Ich versuchte mich in einer Ecke zu verkrümeln, was nicht gelang. Denn das Pferd kam hoch, doch anstatt sich ordnungsgemäß zu trollen, strebte es zu mir. Das war mir denn doch zuviel. Neben mir stand das Telefon, ich wählte die Nummer der Feuerwehr. Hilfe, Hilfe, schrie ich, Sie müssen uns helfen. Wir sind hier am Ende. Alles geht drunter und drüber.

Sie haben Glück, lieber Freund, erfreulicher Weise war gerade neben ihrem Haus ein Brand, die Schläuche sind noch ausgerollt - wir kommen! Schläuche brauchen wir nicht, wollt ich noch sagen, da war er schon auf dem Weg, er und seine Mannschaft. Auf der Treppe hörte man sie bolzen. Zehn Mann hoch strebten sie aufwärts, Spritze und Schlauch hatten sie bereits dabei. Unten war der Schlauch auch noch am Hydranten angeschlossen, es war also alles perfekt.

Wir hatten den Gaul endlich soweit, daß wir vereint vermochten ihn aus dem Zimmer zu schieben. Dann den Flur lang, die Tür auf - da stand die Feuerwehr. Damit hatte keiner gerechnet, am wenigsten das Pferd. Es bäumte sich wiederum auf, stieß sich wieder den Kopf und krachte hinunter auf die brave Feuerwehrschar, diese abwärts mitsichreizend. Das war ein Tumult! Die Beine vom Pferd, Leiber von Feuerwehrleuten, alles durcheinander. Nur einer behielt Nerven. Das war der vorn an der Spritze.

Als das Pferd über sie hereinbrach, hatte er sich geduckt, und war so dem Aufprall entgangen. Wasser ist immer gut, sagt eine alte Feuerwehrregel. Warum nicht auch jetzt. Der Mann an der Spritze überlegte nicht lange. Er drehte am Hahn, und das Wasser schoß los. Gerade tat meine Tante, noch zögernd, einen Schritt vor die Wohnungstür, hoffend, daß alles überstanden, die Schäden im Zimmer noch gar nicht kalkulierend, da traf sie der Strahl. Es war ein guter Strahl, und er traf sie richtig.

Sie schrie auf, daß die Ohren vibrierten. So mit Schreien beschäftigt konnte sie auch nicht fliehen. Also schrie sie weiter. Bei diesem Geschrei verließ den an der Spritze der Überblick, er kriegte den Hahn nicht wieder geschlossen. Dann entglitt er ihm. Wie eine in den Schwanz gepiekte Schlange zischte der Schlauch zur Seite, wand sich wie irre, wobei er das Wasser in alle Richtungen sprühte. Sofort triefte alles vor Wasser. Der Strahl ging erst gegen die Treppendecke und kam von da auf Menschen und Pferd herab. Soviel Wasser war dem Pferd offenbar unangenehm, es wühlte sich aus den Leibern frei und preschte nach oben, hinein in die Wohnung.

Langsam entwirrte sich das Knäuel von Feuerwehrleuten, sie stürmten nach oben. Aber die Tür war zu. Meine Tante hatte, klug wie sie war, lieber die Tür geschlossen. Ein verrücktes Pferd konnte die Wohnung vielleicht noch verkraften, nicht aber eine Horde wildgewordener Feuerwehrleute. Damit hatte sie recht. Wir konnten mittlerweile das Pferd in der Wohnung zur Tür schieben. Draußen hämmerte es wie wild. Wir öffneten die Tür. Sie wollten zwar herein, aber das Pferd hinaus - das Pferd siegte. Es preschte mit soviel Elan gegen die Feuerwehr an, daß es die Crew zum zweitenmal die Treppe hinabpurzeln ließ.

Diesmal gewann es den Ausgang. Es soll dann ganz verständig nach Hause getrabt sein, wo es sich friedlich und gehorsam in seine Box bringen ließ. Die Feuerwehr allerdings versuchte erst einmal, in die Wohnung zu gelangen. Da hatte sie aber die Stimme meiner

Tante nicht einkalkuliert. Sie schrie dermaßen im höchsten Diskant, daß alle geradezu zurückprallten. Sie flüchteten sich schnell ins nahegelegene Wirtshaus, wo, wie ein gestandener Feuerwehrler weiß, jedem vollen Wasserstrahl ein entsprechender Strahl Alkohol zu folgen hat. Das haben sie dann auch zur Genüge erprobt.

So, liebe Ulrike, war also mein Traum, und ich will keine Geschichten mehr schreiben, wenn nicht alles so in meinem Traum vorgekommen ist.

Encyclica: Miseria infernalis dei   10.9.1996

Eingedenk der großen Verantwortung für die Christenheit und den Glauben jener, die nicht müde werden, das Andenken Christi zu bewahren, wahren Glauben zu predigen und den rechten Weg zu weisen, können Wir nicht umhin, Gebet und Gedanken an den zu richten, dem all unsere Sorge gilt, der Anfang und Ende aller unserer Bemühung ist, gestern, heute und immerdar.

Die Kurie, seit Petri Weggang Hort und Quell allen Christentums, war seit je bemüht, jene zum rechten Glauben zu führen, die nachlässig, verstockt, boshaft sich dem wahren Glauben verschlossen und in der Überheblichkeit ihres heidnischen Sinns Wege zu gehen sich erkühnten, die Wir als Ketzertum zu bezeichnen nicht versäumten.

So sind Wir bemüht, Ordnung in allen Dingen der Religion zu schaffen, Seiner christlichen Kirche Glorie zu beweisen und auf alle die gesondert einzuwirken, die solches mit Fleiß behindern. Es geschah dies in den früheren Zeiten mit großem Erfolg. Selbst die, die mit Feuer und Pein geschunden nicht ablassen wollten vom frevelhaften Tun, wurden im Moment des Hinscheidens von Uns gesegnet, um zu zeigen, daß Christentum über Haß und Rachsucht obsiegt, und die Gnade des Herrn bereits von der Kurie in äußerstem Maße geübt wird.

So sehen Wir mit Wohlgefallen auf unsere Vorgänger, die allesamt ehrsam, heilig, und dem Gebot Christi folgend, stets bereit waren, Verfehlung und Sünde großherzig zu verzeihen. Daher auch Unsere Zuversicht und Gewißheit, als Nachfolger Petri vor Gottes Antlitz zu bestehen in gebotener Demut, Seinen Willen durch Unser Wort zu vertreten, Seine Wünsche erkennend, bevor sie von Ihm gedacht und so den Bund der Kurie mit Ihm erneuernd.

Stets waren die obersten Diener der Kirche damit befaßt, Seine Ehre zu bewahren und allen Angriffen auf Seine Hoheit mit aller Strenge zu bestrafen. Den Unglauben jener, die Gott als Allah zu bezeichnen wagten, Christen aber als ungläubig beschimpften, wurden mit Härte verfolgt, mit Krieg und Kampf überzogen. Denn wer Christen ungläubig nennt, kann selbst nur ungläubig sein und verdient Verdammnis. Es ist die Pflicht des strengen Christen, dies schon hier auf Erden zu ahnden.

So war es auch Pflicht der Christen, die Leiden unseres Herrn Jesus Christus nicht hinzunehmen von den Juden, sondern schon hier auf Erden solches Tun zu richten. So wurden vielerlei Pogrome von Uns angestoßen und unterstützt, welche ohne Unseren Beistand niemals stark und voll christlich inspirierten Sinnes die Feinde Gottes vernichtet hätten. Es war Unser heiliges Feuer, Unser Glaube, der den höllischen Verrat an Christus zu rächen sich nicht scheute.

So wurde damals pro Jahr einer der Juden der heiligen Stadt bestimmt, nackt dreimal um Rom herum einen Spießrutenlauf zu vollbringen. Er stürzte endlich tot hernieder, wie Christus stürzte, das schwere Kreuz auf dem Rücken. Wer aber vorher den Judaslohn zurückzuzahlen bereit war, war freigekauft, das war die von Uns gewährte Gnade! Von Gott inspiriert waren die Päpste dabei. Nur einer der Juden, der die Summe nicht zu zahlen vermochte, war Opfer in dem grandiosen Volksfest, diesen aber traf der ganze schreckliche Zorn Gottes, wie es sich gebührt.

So haben Wir also, und gleich Uns alle Unsere Vorgänger, die Partei Gottes ergriffen. So glauben Wir uns daher berechtigt, Ihm, dem all Unsere Sorge gilt, ohne aufdringlich zu wirken oder gar unangemessen zu handeln, Ratschlag und Empfehlung aussprechen zu dürfen und zu sollen.

Schon damals, als Galileo Galilei die von Uns verkündete Wahrheit bestritt, nach der die Erde im Zentrum allen Seins stehend, von Sonne und Mond umrundet wird, war es offenbar, daß Gott der heraufziehenden Sturmflut keinesfalls die genügende Aufmerksamkeit schenkte, die sie verdiente. Geblendet vom eigenen Licht der Erleuchtung war er zu sorglos, die Macht des Bösen, die sich hier Bahn brach, mit ganzer Kraft zu bekämpfen.

Statt die aufkeimende Wissenschaft unter das Joch des Glaubens zu zwingen, zwangen sie Uns unter das ihre. Die weltlichen Mächte, Uns schon immer feindlich gesinnt, leisteten Beistand für die Ausbreitung und die Fortentwicklung des teuflischen Werks. Alle halfen zusammen. Nur Wir, in der unverbrüchlichen Treue zu Dir, hielten der Flut des Bösen stand.

Schritt für Schritt zurückweichend verteidigten Wir das Werk Christi, vermochten durch geheime Aktion auch vieles zu retten. Jedoch die Macht der Zweifler wuchs, Was war zu tun? Vor hundert Jahren etwa war ein Papst, fallsüchtig und nach außen verwirrten Gemüts, im Innern aber die Macht der Kurie vertretend wie kein anderer. Der tat kund und ließ es sich durch das Kardinalskollegium beschwören, daß nunmehr der Papst, und nur er allein, Wahrheit zu reden vermag, nur seine Person war künftig erleuchtet.

Die Christenheit schöpfte noch einmal Hoffnung, besann sich auf ihre altüberlieferte Pflicht. Wir ordneten das politische Feld, gaben Trost in Schlachten, die trotz unserer Bemühung Recht zu setzen, unumgänglich waren. Wir halfen mit Waffensegen und Feldandacht, und unsere Gebete geleiteten die Kämpfer hinein in die Schlacht, sie im Kampf gegen das Böse zu bestärken.

Leider war alles umsonst. Das Papsttum wurde gezwungen, die

Unfehlbarkeit seines Worts einzuschränken auf die Rede von der Kanzel herab. Und nun, wo der Antichrist immer größere Macht gewinnt, laufen die Gläubigen der Kirche fort. Wie will Er das alles rechtfertigen noch durch Wille und Plan. Ein großer Zweifel ist gepflanzt in unser Herz und beunruhigt unser Gemüt. Schaudernd stehen wir vor dem Abgrund Seiner Untätigkeit.

Wir allein halten noch die Würde des Kreuzes aufrecht. Uns allein bekümmert es noch, wenn sich das Böse vermehrt. Da Er in Unachtsamkeit, Desinteresse, Untätigkeit versinkt, ja vielleicht schon angesteckt ist von den sich stetig ausbreitenden ketzerischen Ideen, empfinden Wir Uns als Hort wahrer christlicher Tradition, wahren christlichen Geistes. Er aber versinkt in der Nichtausübung pflichtgemäßer Handlungen in einem Morast, welcher von Satan bereitet ist, Gott und die Welt zu verderben.

So sind Wir also das Licht der Welt, berechtigt, Ihn auf den Pfad der Tugend zurückzuverweisen. Ihn abzumahnen, Sein nicht christgemäßes Verhalten mit Strenge zu verwerfen und Ihn bei Androhung der Strafe gänzlicher Nichtbeachtung zurück in den Schoß der heiligen christlichen Kirche zu zwingen, die Wir, die bescheidenen Nachfolger Petri, durch die Gnade der durch den Heiligen Geist inspirierten Institution, repräsentieren.

Für eine bestimmte Zeit verkünden wir daher den Ausstoß Gottes aus der heiligen Christenheit. Er sei getrennt vom Heilgen Geist solange, bis er durch tätige Reue Einsicht und Rückkehr verspricht.

Wir fordern daher die Gläubigen auf, nun nicht mehr zu Gott, sondern ausschließlich zu Uns und unserer Unfehlbarkeit zu beten, bis Er durch Buße Schuld und Verdammnis gelöscht. Die Heiligkeit leuchtet um Uns, einziger Hort Christi. Unsere Gnade währet ewiglich!

Unaccompanied Minor 6.5.1999

Marcela war 17, als sie über eine Art Schüleraustausch zu uns kam. Noch nicht der deutschen Sprache ganz mächtig wurde sie von uns in die Klasse zu unserer jüngeren Tochter gesteckt. Dort wurde sie schnell Mittelpunkt des allgemeinen Schullebens.

Es war gerade die Zeit vor dem 1. April. Als Chilenin neigte sie ohnehin zu jeder Art von Schabernack. Man sagt, jeder Chilene sei ein geborener Pikador, also jemand, der die Schwächen seiner Mitmenschen aufs Korn zu nehmen versteht.

In jedem chilenischen Lapiz stecke ein piekender kleiner Unhold. Die geheime Sorge der Chilenen gilt der Gefahr, daß mit dem permanenten Export von Lapizlazuli alle Neck-Wichte außer Landes geschafft werden könnten.

Die Ideen Marcelas für den 1. April überschlugen sich. In der Nacht davor kamen die Mädels kaum zum Schlafen. Über die Möglichkeit, die Haare von Lehrern mit Wasserstoffperoxyd zu bleichen bis hin zur Vorstellung, sich im Klassenschrank zu verstecken, um von dort Unsinn zu fabrizieren, reichten die Ideen. Realisiert wurde die Sache mit den angehefteten Zetteln mit Aufschriften wie: „ich bin so schön wie Beethoven" oder „mein Name ist Kuckuck, mein Geld ist alle".

Marcela war die kleine große Schwester. Groß, weil sie älter war als Ulrike, klein, na ja, weil sie 153 ½ Zentimeter maß. Auf den halben Zentimeter legte sie den äußersten Wert, denn in der Klasse war ein Junge, dem gerade dieser halbe Zentimeter fehlte. So war sie nicht die Kleinste.

Ansonsten war sie mit einer Riesenmähne schwarzer Haare ausgestattet, sprach nach kurzer Zeit schneller Deutsch, als ein Deutscher je sprechen wird, und war auch im übrigen ein quicklebendiges Persönchen. Als sie nach Chile zurückflog ließ sie uns leer und wie betäubt zurück.

In Chile hatte sie danach ein Studium begonnen: Medizin, nicht nur simpel Medizin, nein Chirurgie, speziell Herzchirurgie - mich faßte ein Grausen! Als ihr Vater mit Herzatacke ins Universitäts-krankenhaus von Santiago eingeliefert wurde, assistierte sie ihrem Professor bei dem notwendigen Eingriff.

Jetzt war sie im Anmarsch. Über London fliegend sollte sie hier in Hamburg eintreffen. Vor Aufregung vergaßen wir fast Luft zu holen. Wir warteten an der Balustrade im Flughafen. Sie kam nicht, obwohl keine Verspätung angezeigt war. Das Gerücht flog herum, es hätte einen Notfall gegeben. Und dann kam sie doch. Etwas ernster als sonst, doch als die Begrüßung das Eis gebrochen hatte, sprudelte sie los.

Zunächst ging auf dem Flug alles glatt. Keine Turbulenzen, keine zu dicken Nachbarn, alles bestens. In London gelandet, 5 Stunden Aufenthalt, geschenkt. Marcela wandte sich an eine Stewardeß, zu erfragen, wo sie sich rauchfrei die Zeit über aufhalten könne.

Die Stewardeß beugte sich zu Marcela hinunter: Dann komm mal mit, ich bring dich zur Kinderspielgruppe. Hast du denn deine Eltern nicht dabei. Marcela schüttelte den Kopf. Na, dann müssen wir dir ja noch ein Schild umhängen, damit du auf dem großen, großen Flughafen nicht verloren gehst. Sie stob davon und kehrte nach kurzer Zeit mit einer Pappe zurück mit der Aufschrift: Unaccompanied Minor.

Sie hängte nun das Schild mit Hilfe eines rosa Bändchens Marcela um den Hals. Marcela witterte eine herrliche Geschichte für Daheim und spielte die angetragene Rolle sofort mit. Sie ging damit in den Aufenthaltsraum für Kinder. Dort angekommen nahm sie auf einem Schaukelpferdchen für die Kleinsten Platz und vertiefte sich dann leise schaukelnd in das Buch mit dem Titel „Besonderheiten der Herzchirurgie bei Koronarerkrankungen".

Als sie das Flugzeug nach Hamburg bestieg, hatte sie noch immer das Schild um den Hals und die Stewardeß, die es ihr umgehängt, geleitete sie auf ihren Platz.

Auf dem Nachbarplatz saß bereits ein ergrauter Herr, wie sich herausstellte ein Professor für Paläontologie, der sich um sie zu kümmern versprach. Er begann auch gleich eine Konversation. Na, kleines Fräulein, so allein in der Weltgeschichte, ist das nicht gefährlich? - Ach, wissen Sie, vieles ist gefährlich. Wenn bei uns in Santiago ein Terramoto ist, ein Erdbeben, kann man mit Leichtigkeit in seinem eigenen Haus umkommen.

Ja, ja, sagte er, heut zu leben birgt Risiken. Wenn ich da an die Dinosaurier denke, 100 Millionen Jahre haben sie überstanden ohne auszusterben, natürlich als Gattung, versteht sich. Donnerwetter, das waren noch Zeiten! - Konnte man denn auf ihnen reiten, wie auf einem Ponny? fragte Marcela. - Reiten?, wo denkst du hin. Damals gab es noch keine Menschen und wenn, wo hätte man an den Dinos ein Zaumzeug anbringen sollen. Nein, Reiten war ganz unmöglich.

Marcela fragte weiter: Und Krankheiten, hatten sie die? Vielleicht Ziegenpeter oder Mums. Ich hatte einmal Mums, mit ganz dickem Hals, wissen sie. Zur Erläuterung streckte sie ihre Zunge heraus. - Nein, sagte er, Dinos hatten keine Krankheiten, jedenfalls ist mir davon nichts bekannt. - Marcela war erstaunt: Kein Mums, kein Ziegenpeter, am Ende noch nicht einmal Scharlach?

Nein, sagte er, nicht einmal Scharlach! - Marcela entsetzte sich: Das ist ja schrecklich, dann waren sie ja dauernd nur gesund. - Der Professor hielt dem entgegen: Aber sie hatten Feinde, untereinander, da gab es die Spezies Theosaurus Rex, ganz gräuliche Monster, die rissen ihren Opfern die Eingeweide aus dem Leib. - Marcela war ganz Ohr: etwa auch das Herz? - Natürlich auch das Herz, sagte der Professor, wenn es der Zufall wollte.

Marcelas Interesse war nun wirklich geweckt: Gab es denn wenigstens eine gesicherte chirurgische Methode, daß man den Opfern Herzen gerade Verstorbener implantieren konnte? - Aber nein, sagte der Professor, das gab es natürlich nicht. Die Opfer hatten schließlich kein Gehirn in unserem Sinne, um so etwas bewerkstelligen zu können. - Enttäuscht resignierte Marcela: Kein Mums, kein Scharlach, keine Herzplantation und nicht mal ein Gehirn, um Operationen wirksam durchführen zu können. Das muß ja eine ganz gräßliche Zeit gewesen sein, igitt!

Der Professor wollte gerade erwidern: Ja, kleines Fräulein, so war das zur Zeit der Dinosaurier - als der Steward den Gang entlang kam, plötzlich stehenblieb, sich an die Brust faßte, taumelte und wie ein Stein zu Boden stürzte.

Der Professor begriff garnichts, die Passagiere ringsum begriffen auch nichts. Marcela begriff sofort! Pardon, sagte sie zum Professor und kletterte über ihn hinweg in den Gang hinüber, beugte sich über den bewußtlosen Steward, schnellte empor und drückte den Alarmknopf.

Die Stewardeß von vorhin kam. Marcela schrie ihr schon von weitem zu: wir brauchen ein Sauerstoffgerät und die

Medikamentenbox. Der Steward hat wahrscheinlich einen Herzinfarkt. - Die Stewardeß erwiderte ganz entgeistert: Aber Kind, woher willst du das wissen? - Marcela: Ich bin Ärztin, Sie können mir vertrauen. Machen Sie schon, wir brauchen die Sachen schnell.

Wäre die Stewardeß Gebißträger gewesen, sie hätte in diesem Augenblick gewiß ihren eigenen Zahnersatz verschluckt und wäre damit zu einem weiteren Notfall an Bord geworden. Nach Überwindung einer kurzzeitigen Dunkelheit vor den Augen gehorchte sie automatisch und schaffte das Gewünschte herbei. Dann schaute sie mit ungläubigen Augen auf das noch immer auf Marcelas Brust herabbaumelnde Schild mit der Aufschrift „Unaccompanied Minor".

Marcela setzte dem bewußtlosen Steward die Sauerstoffmaske auf. Plötzlich, in einer Anwandlung von aufbegehrender Nervosität, nahm sie das Schild vom Nakken, und mit dem Ausruf: „Das stört mich jetzt!" hängte sie es dem Professor für Pantheologie um den Hals, wo es jener, ohne zu protestieren, auch hängen ließ.

Der Professor war noch immer dabei, das Geschehen innerlich zu verarbeiten. Erst die Herzatacke des jungen Mannes, nun die Transmutation eines entzückend frühreifen Kindes zu einer Herzspezialistin - das war fast zuviel für ein ansonsten sonniges, von keiner Denkanstrengung je geplagtes Gemüt.

Doch der Professor sagte sich am Ende sehr richtig, daß es auch in der Wissenschaft sensationelle Umschwünge in der Interpretation bestehender Fakten gäbe, die schon lange geklärt schienen. Das wäre hier eben auch so ein Fall.

Die geruhsam kreisenden Gedanken des Professors wurden jäh von Marcela unterbrochen, die ihn mit Aplomb von seinem Platz scheuchte, um den Steward dort hinlegen zu können. Er fand aber gleich in der Reihe dahinter Platz.

Nachdem Marcela dem Patienten eine Spritze verpaßt und ihn in wärmende Decken gehüllt hatte, sagte sie den umstehenden Stewardessen, daß der Zustand des Patienten bedenklich sei. Ein Notarztwagen müsse unbedingt nach der Landung bereitstehen.

Als das Flugzeug gelandet war, war neben dem Rettungswagen auch wie zufällig ein Reporter einer großen Tageszeitung zur Stelle, der dann einige Fotos nun schon nicht mehr ganz zufällig schoß. Ihm war die befremdliche Meldung zugegangen, ein Kind, als Ärztin verkleidet, habe einen in Koma gefallenen Steward ärztlich versorgt.

Später sahen wir dann das Ergebnis dieser Reportertätigkeit in der Zeitung: in der Mitte der Steward auf der Bahre, links daneben Marcela, rechts von ihm der Professor, noch immer das Schild mit rosa Bändchen um den Hals und der Aufschrift: Unaccompanied Minor!

Eine Weihnachtsgeschichte 6.12.1999

1943. Berlin wurde bombardiert. Da man Kinder als höchstes Volksgut befand, wurde ich, zusammen mit meiner Großmutter, evakuiert. Nach Ostpreußen, in die Nähe von Osterode, Allenstein. Als wir Berliner Kinder dort mit unserer Lehrerin ankamen, bekam der Dorflehrer sofort die Grippe und mußte seine Krankheit mit einer Schar Ostpreußenkindern beim Blaubeerensuchen auskurieren.

Am ersten Schultag lernte ich dann den deutschen Gruß fachmännisch auszuführen, bekam die Kenntnis des Horst-Wesselliedes verpaßt, und erhielt meinen Platz im Klassenzimmer, ganz unten - die oberen Plätze waren für Kinder von bäuerlichen Lebensmittellieferanten der Lehrerin reserviert. Der Schulweg war lang, etwa eine Stunde, nun ja, von der heutigen Jugend trotz Trimm-dich und so kaum zu bewältigen. Dazu führte er über einen unbeschrankten Bahnübergang, und wenn die Züge dort zufällig stehen blieben, na dann stiegen wir schon mal am Bremserhäuschen die Leiter hoch und auf der anderen Seite wieder hinunter. Kein Erwachsener kümmerte sich darum.

Meine Großmutter war lieb doch eigentlich mir schon damals nicht gewachsen. Ich wickelte sie um den Finger. Als Kriegerwitwe hatte sie mit kümmerlichem Gehalt zwei Kinder aufziehen müssen. Sie war im niederen Postdienst beschäftigt gewesen, hatte ein Leben lang geschuftet. Sie war innerlich verbraucht. Ich war einer der wenigen Menschen, dessen Liebe zu ihr ganz aus dem Herzen kam. So war es selbstverständlich, daß sie mir das Weihnachtsfest so schön wie möglich zu gestalten suchte.

Meine Eltern hatten mit meiner Großmutter ausgemacht, daß wir das Weihnachtsfest in Ostpreußen feiern würden, dh. sie wollten

74

versuchen, zu uns hinzukommen. Das war damals nicht so einfach, weil mein Vater einen kriegswichtigen Betrieb leitete, in dem Krankenfahrstühle für Kriegsverwundete hergestellt wurden. Deshalb konnte er nicht einfach aus Berlin wegfahren. Das war der Stand einige Tage vor Weihnachten. Dann hatte meine Großmutter noch ein Telefonat mit Berlin. Offenbar waren die Chancen weiter gesunken, daß meine Eltern zu uns kamen.

Zwei Tage vor Weihnachten verkündete meine Großmutter: "wir wollen sie in Berlin überraschen!. Also wurden schnell ein paar Sachen eingepackt, und dann ging es los: Osterode, Allenstein, Frankfurt an der Oder. Als wir hielten, stand dort der Gegenzug aus Berlin. Meine Großmutter sinnierte. Wenn deine Eltern es ermöglichen könnten, nach Ostpreußen zu fahren, säßen sie jetzt dort drüben im Zug. - Was soll ich ein Geheimnis daraus machen. Sie saßen in diesem Zug.

Als wir in Berlin angekommen waren, gab es erst einmal einen Bombenangriff. Wir stiegen in den U-Bahnschacht hinunter. Da lagen die Familien nebeneinander. Man konnte kaum durchkommen, überall saßen oder lagen Menschen, auf dem Bahnsteig, auf den Gleisen. Wir waren froh, als der Angriff zuende war. Dann machten wir uns auf den Weg. Wir hatten nur das kleine Stück vom Wittenbergplatz zur Lutterstraße zurückzulegen. Gleich an der Motzstraße war die Wohnung meiner Eltern.

Aber es war dunkel. Kein Mond, kein Stern schien. Wegen der amerikanischen Flugzeuge waren die Laternen unbeleuchtet. Es war pechschwarz. Für die vielleicht 500 Meter haben wir wohl eine Stunde gebraucht. Und dann kommen wir an, und alles ist verrammelt. Ein Nachbar, der meine Großmutter kennt, bringt die Schlüssel. Was nun? Dann der Anruf aus Ostpreußen von meiner

Mutter. Von allen Erwachsenen hatte ich vor meiner Mutter den größten Respekt. Bei ihr ging nichts durch.

So bestimmte auch sie, was jetzt Sache war. Zunächst wurde festgestellt, daß meine Großmutter zu Verabredungen untauglich wäre. Sodann wurde energisch angemahnt, nicht noch eine Dummheit zu begehen. Fazit: wir sollten auf dem schnellsten Weg nach Ostpreußen zurückkommen. So setzten wir uns am nächsten Morgen noch einmal in den Zug, diesmal in umgekehrter Richtung, und erreichten dann auch mehr oder weniger rechtzeitig das ostpreußische Domizil.

Meine Eltern hatten in der Zwischenzeit zwei wichtige Dinge in die Wege geleitet. Einmal hatten sie beim dortigen Förster die Genehmigung zum Schlagen eines Weihnachtsbaums erkauft. Und dann hatten sie mit dem russischen Kriegsgefangenen, der auf dem Bauernhof Dienst tat, eine Übereinkunft erreicht, den Auftritt eines Knecht Ruprechts betreffend. Das einzige Manko an der Sache war - unser Petrov konnte nur sehr sehr wenig Deutsch. Macht nichts, sagte mein Vater, den Rest besorgt die Glocke, die sie ihm mitzugeben versprachen.

Am Vormittag des heiligen Abends zogen mein Vater und ich dann los, den Baum zu schlagen. Die Male, die ich in meinem Leben mit meinem Vater ungestört und miteinander im Einklang zusammen war, kann ich an den Fingern einer Hand abzählen. Hier, in dieser so selten kostbaren Stunde, waren es noch genau 16 Monate bis zu seinem Tode im Kessel von Berlin, wo zuletzt noch so viele Menschen, die nie auch nur den Wunsch verspürt hatten, jemanden zu töten, sinnlos dahingerafft wurden.

Wir gingen in den Wald. Die Kraft meines Vaters, nach außen hin wenig sichtbar, übertrug sich auf mich und gab mir Sicherheit. Wir stapften durch den Schnee und etwas von dem Ernst, der sonst meinen Vater umgab, wich in der vorweihnachtlichen Stimmung. Ja, er machte einem Übermut platz, der sonst so gar nicht zu meinem Vater paßte. Wir wählten einen Baum. Schön gewachsen war er, das konnte man sehen. Also nahm mein Vater die Axt und nach kurzer Zeit war die Tanne gefällt.

Schön war sie schon, nur an einer Seite etwas kahl, das hatte man vorher nicht sehen können. Als wir 100 Meter weiter eine andere Tanne sahen, die diesen Mangel nicht hatte, ja, da dachten wir, wäre es nicht besser gewesen, diese mitzunehmen. Wie zwei verschworene Gauner stellten wir die mitgebrachte Tanne zur Seite, sahen uns um, ob kein Förster in der Nähe wäre, fällten die neue Tanne und stellten die alte scheinheilig an den Platz der neuen. Mit etwas Rütteln stand sie dann auch. Man hätte glauben können, sie wäre dort angewachsen. Mit Unschuldsmiene gingen wir mit der getauschten Tanne weiter. Irgendwann wiederholten wir die Prozedur noch einmal.

Dann kam die weihnachtliche Bescherung. Als die Lichter am Tannenbaum brannten bimmelte es draußen lang und deutlich und mit einem lautvernehmlichen "Gut Abend", "bimmel-bimmel-bimmel-bimmel" kam Knecht Ruprecht. zu uns herein. War ich vorher etwa im Zweifel, ob es so etwas wie einen Weihnachtsmann überhaupt geben könne, hier war der Beweis, es gab ihn, denn er ließ den Jutesack mit Schwung von den Schultern herabkrachen, blickte sich im Zimmer um, "bimmel-bimmel-bimmel-bimmel", erblickte mich und kam dann prompt auf mich zu: "Du!".

Meine ganze sechsjährige Überlegenheit Weihnachtsmännern gegenüber war fort. "Gedicht!". Ich deklamierte: "Lieber guter Weihnachtsmann, sieh mich nicht... usw ". "Gut!", verkündete er, "bimmel-bimmel-bimmel-bimmel", er suchte nach dem entscheidenden Wort, "bimmel-bimmel-bimmel-bimmel", endlich das erlösende Stichwort "Geschenke". Er schüttete mehr oder weniger gekonnt den Inhalt des Jutesacks auf den Boden, "Hier!", machte noch einmal "bimmel-bimmel-bimmel-bimmel" und stapfte wieder zur Tür hinaus.

Ich war beeindruckt. Nur etwas war mir eigentümlich vorgekommen: "warum hat Knecht-Ruprecht so viel gebimmelt?", fragte ich. "Ach", sagte meine Mutter, das lag an der Glocke, manche läuten von ganz alleine." - "Und warum habt ihr Tränen in den Augen?" Nun, sie konnten ja nicht zugeben, daß sie heimlich Tränen gelacht hatten. "Das war der Ofen, der hat vorhin gequalmt.". Damit war ich zufrieden.

Nun wurde das Lied: Leise rieselt der Schnee, still und starr ruht der See..." gesungen. Es ist mir noch heute so, als wäre dieses Lied direkt auf die ostpreußische Winterlandschaft bezogen. Nie wieder habe ich eine solch majestätische Stille wie dort erlebt. Sie entstand durch das Bewußtsein der Weite, die zu dieser Landschaft zu gehören schien. Es war Stille, die auch noch in der Entfernung von Stille begleitet war, unwandelbar, fremdartig, ungeheuerlich. Das allerdings ist mir erst später, viel später bewußt geworden.

Ich erschoß John F. Kennedy 23.3.2000

- Der Kennedy-Mörder bricht nach 37 Jahren sein Schweigen

Viel ist über den gewaltsamen Tod von John F. Kennedy am 22.11.63 geschrieben worden, doch erst jetzt fühle ich mich, als der Verursacher des Geschehens, aufgerufen, die wahren Fakten der Weltöffentlichkeit darzulegen. Es sind seitdem nun fast 37 Jahre vergangen und ich meine, daß vielleicht ein klärendes Wort endlich und ein für allemal Klarheit in diese Sache bringen wird.

Als gebürtiger Amerikaner habe ich stets die Gesetze unseres Landes hochgehalten und zu allen Zeiten amerikanische Lebensart praktiziert. So kam ich denn fast zwangsläufig zum amerikanischsten aller Berufe - zur Kopfgeldjägerei. Die Sache ist ganz einfach. Will ein Angeklagter gegen Kaution auf freien Fuß gesetzt werden, hat aber das dafür erforderliche Geld nicht parat, so schießen wir das Geld gegen eine entsprechend hohe Verzinsung vor.

Zwar ist es unser Risiko, wenn der Angeklagte nicht zum angesetzten Termin erscheint, dafür darf der Flüchtige aber per Kopfgeldjagd wieder eingefangen werden. Der Kopfgeldjäger besitzt dabei das über normale Polizeikompetenz weit hinausreichende, vom Gesetz verbürgte Recht, den Flüchtigen zu verfolgen, dazu in beliebige Häuser einzudringen und bei dieser Verfolgung auch von der Schußwaffe gebrauchzumachen. Kommt ein Unbeteiligter dabei dem Kopfgeldjäger in die Quere, so ist es sein Risiko. Auf ihn braucht der Verfolger keine Rücksicht zu nehmen.

Ich hatte damals einen Flüchtigen zu verfolgen, der mich schon einige Male an der Nase herumgeführt hatte. Meine Geduld war erschöpft - ich schwor mir, bei nächster sich bietender Gelegenheit ihn tot oder lebendig dingfest zu machen. So hatte ich den Kerl bis nach Dallas verfolgt. Dort war er zunächst untergetaucht. Ich bekam aber von einem Informanden Nachricht, wo er zu finden sei.

Für Politik habe ich mich nie interessiert. Nur am Rande hatte ich erfahren, daß der amerikanische Präsident gerade Dallas einen Besuch abstattete. Mochte er. Mich ging das nichts an, ich hatte meinen Job zu tun. Der führte mich auf einen Hügel am Rande eines Platzes, an dem auch Kennedy vorbeikommen mußte. Ich starrte in die Menge, um den von mir Verfolgten zu entdecken. Neben mir waren zwei, mit Gewehren im Anschlag, die angestrengt ebenfalls in die gleiche Richtung blickten.

Da kam auch schon der Konvoi von Kennedy und plötzlich sah ich meinen Mann. Er bewegte sich direkt auf die Wagenkolonne zu. Sollte er mir wieder entwischen? Ich hob meine Waffe. Und siehe, die beiden Männer neben mir schienen mich unterstützen zu wollen. Auch sie hoben ihre Gewehre. Da, der Kerl wurde sichtbar, genau vor einem der Wagen des Konvoys. Ich schoß, die beiden neben mir ebenfalls. Caramba, das waren Schüsse!

Meinen Mann hatte ich verfehlt, den Präsidenten dafür erwischt. Vorn in die Stirn getroffen wurde er zurückgeschleudert, ehe er vornübersank. "Sie haben den Präsidenten der Vereinigten Staaten erschossen" sagte der eine neben mir. "Verdammt, das war ein Versehen, ich bin Kopfgeldjäger, ich hatte einen Delinquenten im Visier.", sagte ich, "vielleicht ist der Präsident ja auch nur verwundet". "Der ist hin" sagte der zweite" und steckte sein Gewehr mit noch rauchendem Lauf in ein Futteral hinein. Dasselbe tat dann auch der zweite.

Ehe wir uns entfernen konnten, war Polizei herangekommen, die uns in ein Polizeiauto zerrte. "Wir sind Angehörige der CIA", sagten die beiden, und zückten ihre Ausweise. Damals war es noch nicht so bekannt, daß die CIA irgendwo zwischen Geheimdienst und Maffiaorganisation rangiert. Daher brachte man ihnen eine gewisse Hochachtung entgegen. Beide wurden dann auch gleich nach unserer Ankunft im Polizeirevier freigesetzt.

Vorher hatten sie aber noch bestätigt, daß mein Vorgehen ganz untadelig war. Ich hatte einen flüchtigen Delinquenten verfolgt und der Präsident war mir dabei schuldhaft in die Quere gekommen. Solange ich mich im Hintergrund hielte, keine Bekenntnisse verbreitete, auch keinen Zeugen für das Geschehnis zur Tatzeit um mich herum abgäbe - solange würde ich von offizieller Seite unbehelligt bleiben. Man würde mich ganz aus dem Polizei-protokoll entfernen, dh. schon das Protokoll selbst würde vernichtet werden. Selbstverständlich gab ich ihnen das Versprechen.

Für mich war die Sache damit abgeschlossen. Aber als man einen gewissen Lee Harvey Oswald verhaftete und als Täter diagnostizierte, war mein Interesse doch geweckt. Man hielt an dieser Vorstellung auch dann noch fest, als man in einem Nitrattest, der am Tage seiner Verhaftung angestellt wurde, unwiderlegbar nachwies, daß Lee Oswald in den letzten vierundzwanzig Stunden keine Waffe abgefeuert hatte. Das war mir auch klar, denn ich hatte ja geschossen.

Noch etwas geschah. Die beiden Männer, die neben mir gestanden und geschossen hatten, waren zuvor aus einem Wagen gestiegen. Der Fahrer war mir zunächst unbekannt. Doch als dann Jack Ruby den vermeintlichen Mörder Oswald vor laufender Kamera im Keller eines Polizeireviers in Dallas erschoß, wußte ich: Das war der Mann, der jenes Auto gefahren hatte. War das ein Zufall?

Es gingen offenbar Dinge vor sich, die einem normal-geistigen Gehirn schwer nachvollziehbar waren. So glaubte ich, daß ich gut daran täte, mich über die Untersuchungen der Staatsanwaltschaft auf dem Laufenden zu halten. Ich studierte alle Presseberichte, die sich auf den Tod John F. Kennedys bezogen. Und ich hatte noch einen Informanden aufgetan. Von einem früheren Kollegen, der in der Untersuchungskommission tätig war, die Kennedys Tod untersuchte, erhielt ich laufend weitere Berichte über den Fortgang der Ermittlungen.

Die Untersuchung wurde durchgeführt von einer Kommission unter der Leitung des Bezirksstaatsanwalts in New Orleans, Jim Garrison. Letzterer kam dann zu dem Schluß, daß eine Verschwörung dem Tod Kennedys zugrunde lag. Diese von ihm vertretene Ansicht bekam ihm offensichtlich schlecht. Er wurde von der Regierung fälschlicher Weise der Bestechlichkeit und Steuerhinterziehung beschuldigt, von der Presse als Scharlatan und Kommunist verleumdet. Der Erfolg war, daß Garrison die Wiederwahl zum Bezirksstaatsanwalt in New Orleans verfehlte.

Garrison hatte herausgefunden, daß die dem Tode Kennedys unmittelbar folgenden Untersuchungen eher als Spurentilgungs- und Vernebelungsaktionen anzusehen waren. An diesen Pseudountersuchungen waren sowohl die Presse als auch die Regierung mit Polizei, der Ärzteschaft des Militärs und den Geheimdiensten CIA und FBI beteiligt. Außerdem war da noch die sogenannte Warren-Kommission, die hauptsächlich aus solchen Mitgliedern bestand, die den Geheimdiensten FBI und CIA positiv gegenüberstanden, die also ganz und gar parteilich ermittelte.

Zunächst die Presse. Die vielen Filmaufnahmen, die von dem sogenannten Attentat von Privatpersonen gedreht wurden, kamen zunächst überhaupt nicht an die Öffentlichkeit. Ein Augenzeuge namens Zaprunder hatte das Geschehen gefilmt und der Zeitschrift Life übergeben.. Dieser Film wurde von der Zeitschrift fünf Jahre lang in einem Tresor versteckt. Dabei sieht sich die Presse doch als Garant für Meinungsfreiheit und frei fließende Information.

Ein Militärarzt führte eine Autopsie des Leichnams des Präsidenten durch. Er legte das Gehirn des Präsidenten in Formalin ein. Nach der dadurch erreichten Härtung des Gehirns hätte man die Richtung bestimmen können, aus der die tödlichen Schüsse fielen. Doch das Unglaubliche geschah: das Gehirn des Präsidenten verschwand spurlos, einfach so! Und der Pathologe, welcher die Autopsie Kennedys leitete, verbrannte die erste Ausfertigung des Autopsieberichts zu Hause in seinem Kamin.

Auch die Polizei von Dallas tat sich hervor. Noch bevor die Warrenkommission ein Urteil fällen konnte, schloß sie den Fall nach dem Tod des vermeintlichen Attentäters Oswald sofort ab. Das FBI akzeptierte dies Vorgehen und legte den Fall nach einigen Wochen zu den Akten. Schließlich bestätigte die Warren-Kommission die Untersuchungsergebnisse von Polizei und FBI knappe zehn Monate später.

Jim Garrison, der die Untersuchung der Ereignisse, die mit Kennedys Tod zusammenhingen, aus einer zufälligen Beobachtung heraus begann, kam zu dem Schluß, es habe eine Verschwörung von CIA und Exilkubanern gegeben, die zu einem gezielten Mord am Präsidenten führte. Er kam auch zu dem Schluß, daß das eigentliche Motiv für eine solche Hinrichtung die auf Entspannung gerichtete Politik Kennedys war.

Garrison wußte nicht, daß Kennedy das Banksystem der USA aus der Verfügungsgewalt einiger maffioser Milliardäre in die staatliche Obliegenheit zurückführen wollte. Er hatte dazu schon die entsprechenden Schritte unternommen. Das sprach das Todesurteil über ihn! So, wie sein Vater es ihm im Weißen Haus prophezeit hatte.

Ich allerdings meine, man sollte sich nicht so sehr um Motive kümmern. Leute, die John F. Kennedy den Tod an den Hals wünschten, gab es genug. Sicher, auch FBI und CIA waren mit dabei. Aber waren sie fähig, den Kopf der Verschwörung abzugeben? Ich sage nein. Sie waren alles in allem nur subaltern. Die Frage lautet nicht, wer hatte ein Interesse daran, Kennedy umzubringen, sondern wer in den USA hatte die alles bezwingende Macht, ein Komplott dieser Größenordnung aufzubauen.

Es ist klar, daß man die Mitglieder des Komplotts, welches die Ermordung Kennedys im Auge hatte, an einer Stelle zu suchen hat, die sich nicht in ausführenden Organen der Staatsgewalt befindet. Darauf deutet auch die Tatsache hin, daß im Laufe der Ermittlungen Garrisons eine ganze Schar von Wissern und Mitwissern aus dem Wege geräumt wurde.

Wer in den USA hat die Macht, eine so große Zahl von Morden zu veranlassen und sicher zu sein, daß keine Indiskretion ihn selbst ans Messer der Justiz zu liefern vermag? Es gibt nur eine Macht, die solches zu leisten vermag - die Insidergruppe der Milliardäre, also die Herren des Großkapitals. Die Milliardäre waren die Urheber des Attentats auf Kennedy, die durch seine Entspannungs- und Bankpolitik am meisten Profit eingebüßt hätten.

Gespenstisch die Situation! Wie eine riesenhafte Krake greift die kleine Schar von Superkapitalisten in alle Winkel amerikanischen Lebens hinein. Keiner ist befreit, keiner vor ihrem Zugriff sicher. Selbst der amerikanische Präsident ist mitbetroffen. Meist ist die Präsidentschafts-Wahl von Seiten des Großkapitals her finanziert.

Dann ist er ohnehin gefügig. Doch einer scherte aus - John F. Kennedy. Als geborener Millionär war er dem Kapital nicht untertan. Das war sein Fehler. Das wurde ihm zum Verhängnis.

Mag sein, daß die Schützen neben mir den Präsidenten damals verfehlten - mag sein! Die Hierarchie der Geldmacht verhielt sich aber so, als wäre ein Mord in ihrem Namen geschehn. Und tatsächlich, was für ein Unterschied bestand in dieser Hinsicht zwischen einem geplanten erfolgreichen und einem geplanten doch von einem Außenseiter verübten Attentat. Ich meine: keiner!

So war es mir vielleicht vergönnt, dadurch, daß ich Kennedy versehentlich erschoß, eine der fürchterlichsten Tatsachen dieser Welt ans Tageslicht zu bringen. Unser Land wird nicht von der Regierung, sie wird vom Kapital regiert. Und das in einer beängstigend kriminellen Weise. Möge die Gesellschaft den rechten Gebrauch von dieser Erkenntnis machen!

Oh Gott, es lebt! 19.4.2001

Das war mal eine informative Fernseh-Reportage. Überschrift: "Das Jahrhundert der Roboter" mit der Beigabe: "Künstliche Intelligenz - mehr als ein (Alb)-Traum." Der obige Ausruf bezog sich dabei auf einen Komputerianer, der als blecherne Zukunftsvision durch das Fernsehstudio stapfte.

Da wurde dann die Frage gestellt: "Gehören Roboter in ca. vierzig Jahren zu unserem Alltag, wie es führende Wissenschaftler prophezeien? Können Mensch und Tier einfach nachgebaut oder gar ersetzt werden? Der Mensch ein Auslaufmodell der Evolution, der durch die weit höher gestalteten Blechmänner einfach zur Seite gedrängt wird?"

Das interessierte mich denn doch. Wie könnte das ganze aussehen? Wie löst man das Problem der Nachkommenschaft? Wie sollte zB. ein Topfdeckel sich selbst reproduzieren? Selbst wenn er noch so schön klappert, ein paar Kindertopfdeckel bringt er nicht zustande. Aber nein, warum sollen die Blechmännchen sich selbst herstellen. Es gibt doch schließlich Menschen! Die werden wie heute Legehennen in Batterien untergebracht. Nur daß sie keine Eier legen, sondern Roboter herstellen. Platzsparend, umweltfreundlich, funktionell!

Es geht aber noch viel eleganter. Schaffen wir die Menschen ab. Bewältigen wir die Reproduktion der Komputerianer mittels industrieller Großanlage. Nicht das einzelne Roboter-Individuum reproduziert sich, sondern die Roboter insgesamt. Das läuft, das ist gar keine Frage. Ist irgendein technischer Fortschritt in der Konstruktion der Roboter zu verzeichnen, werden die neukonstruierten Module einfach an Stelle der alten eingebaut.

Rennen die Roboter beispielsweise ewig mit der Blechnase gegen die Türpfosten in den Wohnanlagen, wobei sich das Problem noch dadurch verschärft, daß diese Pfosten aus Haltbarkeitsgründen ebenfalls aus Stahl sind, so kann es nicht ausbleiben, daß zuletzt alle Roboter mit angeditschter Nase herumlaufen. Das wäre natürlich gegen jede roboterisierte Ästhetik. Das darf nicht sein! Also gibt es einen Zusatzchip mit der Funktion: Bei Auftauchen eines Türpfostens abbremsen und Hindernis umlaufen.

Ja, der technische Fortschritt. Die Veränderung und Anpassung an sich verändernde Verhältnisse. Was stagniert, stirbt! Also müssen die Komputerianermännchen sich immer wieder neu erfinden. Das ist leichter gesagt als getan. Bei der industriellen Herstellung des Komputerianernachwuchses könnte schon irgend so ein genetischer Computer-Virus ins neuronale Netz der Roboter-Innenausstattung eingeschleust werden. Was dann? Dann hauen sich die Roboter gegenseitig ihre Blecharme um die Plastikohren.

Was sie brauchen ist ein unzerstörbarer Kern. Ein Nukleus des Innenapparates, der weder verändert werden noch verändert hergestellt werden darf. Natürlich muß dieser so beschaffen sein, daß heut und auf ewig keine Notwendigkeit besteht, ihn abzuändern. Das hat etwas mit der Sinngebung der künftigen Komputerianer zu tun. Sinn des Roboters ist die dauerhafte Aufrechterhaltung seiner elektronischen Prozesse. Das ist es!

Tja, aber auch Komputerianer werden nicht darum herumkommen, sich ein ganzes Sortiment an Microchips, Klein-, Mittel- und Großcomputer zu halten, mit deren Hilfe erst das Gemeinwesen der Komputerianer funktionieren wird. Die haben doch auch elektronische Prozesse im Inneren. Sollen die auch dauerhaft konserviert werden?

Doch wohl kaum. Das betrifft das Problem der Motivation, Perspektive oder sagen wir hochtrabend, der Weltanschauung. Komputerianer brauchen eine Perspektive, die ihrem Dasein Sinn gibt. Ohne Sinn sind schließlich alle möglichen Aktivitäten gleich gut und gleich schlecht. Das bedeutet aber, daß der Komputerianer auch gleich alles sein lassen könnte. Er begibt sich in eine Besenkammer, gibt der elektronischen Zelle in sich den Befehl: Ausschalten!, rappelt noch mal bedenklich und steht dann still, bereit über die Jahre hin einzustauben, zu verrosten, innerlich durch die auslaufende Batterie zu korrodieren. Aus, Ende, finito bella musica!

Apropos Musik. Oder besser Empfindung. Was der Komputerianer braucht, ist Empfindung. Das würde seinem Dasein den Halt geben, der die drohende Gleichgültigkeit von ihm bannt. Wie aber diese im elektronischen Gedankenapparat des Roboters installieren? So ein Roboter besteht schließlich nur aus elektronischen Schaltelementen, die nur wenige Funktionen wirklich perfekt ausführen können. Das sind Speicherungs- und Logikaktionen.

Da aber jede logische Operation durch eine Speicherungsoperation ersetzt werden kann, Speicherung aber letztlich als Herstellung von Kopien gedeutet werden könnte, wäre ein Fotokopierer der ultimative Empfindungsapparat. Wer hätte aber je von einem Foto-kopierer gehört, dem vor Angst der Toner in das Räderwerk geflossen wäre. Das hätte eine schöne Schweinerei gesetzt. Ist bisher aber nicht geschehen.

Mit meinem Latein war ich also am Ende, dabei hätte ich den armen, klobigen Komputerianern so gern eine menschenähnliche Seele ins Computerhirn gepflanzt. Wer konnte mir hier Hilfe und Rat bieten? EDV-Spezialisten würden wohl kaum einen Ausweg aus dem Dilemma zeigen können. Eher schon die, deren ganzes

Sinnen und Sehnen auf die Veredelung der Seele gerichtet ist. Bei einem Fakir wurde ich pfündig.

Er saß da, traumverloren auf seinem Nagelbrett und ließ die Gedanken in ekstatisch weite Fernen schweifen. Nachdem ich ihn aus seiner Versunkenheit losgeeist hatte, er nach einigen Mißverständnissen das eigentliche Problem kapiert hatte, lächelte er erst mal und sagte: Toren der Traumwelt, kaum tritt ein kleines Problem in euer Gesichtsfeld, schon seid ihr verloren. Dabei ist alles so einfach.

Ich spitzte die Ohren. Einfach war es, umso besser. Vielleicht kam mein Komputerianerfreund doch noch zu seiner Seele. Der Fakir sagte: Auch die menschliche Seele ist nicht dort vorhanden, wo sie der moderne Mensch vermutet, also im menschlichen Körper, sondern in einem anderen Bereich. Die Brücke dahin bildet ein Fluidum welches die Eingeweihten als Astralbereich bezeichnen. Willst du also deinem Komputerianer eine Seele beigeben, mußt du die Brücke dahin in diesem Astralbereich bauen.

Wie soll das geschehn? fragte ich. Ist er uns zugänglich? - Nicht direkt, antwortete der Fakir, aber mit spezieller Technik sollte es wohl gehen. Das Hauptproblem ist die besondere Kleinheit der Teilchen dieser Astralsphäre. Die den heutigen Physikern bekannten Teilchen sind nach dem benannt, was als das Belanglose schlechthin gilt, also Weißkäse oder Quark. Sie heißen deshalb Quarks. Genannt so wahrscheinlich aus einem momentanen Anfall von Humorhaftigkeit heraus. Aus Sicht der Astralebene sind das aber ganz klobige Gebilde, ungeeignet, etwas so feines wie die Seele an den Körper zu binden. Da benötigt man viel feinere Teilchen. Ich möchte sie Quiekse nennen.

Um die aus Quieksen gebildeten Astral-Schleier herzustellen, braucht man nur eine richtig alte Kaffeemühle, nicht eine von den neumodisch muckernden elektronischen, sondern eine robuste Mühle mit stabilem Mahlwerk und festem Schwengel. Dann benötigen wir noch Elektronikschrott, also Dioden, Kondensatoren, Transistoren, alles in Microships eingegraben und eingeätzt. Die kommen in die Mühle hinein. Und dann mit Vehemenz und Rasanz wird das alles zur Kleinheit von astralen Quieksen zerhackt und zerrieben. Alles übrige besorgen dann die Geister im astralen Bereich.

Vernommen und ausgeführt. Die Mühle wurde besorgt, der Elektronikschrott gemahlen. Der Fakir, ins Jenseits blickend, berichtete vom Geschehen. Offensichtlich war die gesamte Astralwelt im Aufruhr. Das Transistorengehäcksel waberte wie eine übel riechende Wolke zwischen den leuchtenden Astralgebilden hin und her. Einige unerschrockene Astralwesen formten, sich die astrale Nase zuhaltend, die notwendige Brücke zu einer freischwebenden Seele.

Der Komputerianer begann zu sprechen: "Ich empfinde, darum bin ich. Nicht aus Lehm, sondern aus Sand geschaffen. Durch mich wird die neue Zeit erstehen." Sprachlos stand ich, dann entfuhr es mir wie ein Schrei: "Oh Gott, es lebt"! Ich umarmte den Computer, drückte ihn an meine Brust. "Aua", entfuhr es mir, "du bist ziemlich hart" Welch eine Glorie, welch ein historischer Augenblick.

Der Fakir, nicht ganz so enthusiastisch, blickte noch einmal ins astrale Gefild hinein. Was er da sah, ließ seine Stirn sich in Falten legen. "Ach, nichts auf der Welt ist von Dauer", sagte er "Ich dachte, mit der Entstehung von Komputerianern wäre das Fakir-Problem endgültig gelöst. So ein Roboter könnte doch weit besser als unsereins sich auf Nagelbretter setzen, ohne auch nur eine winzige Wunde davonzutragen. Vertan! Nichts ist vollkommen."

Wie von ihm erkannt kam es. Der Elektronikstaub wurde den Astralwesen in einer Weise lästig, daß sie beschlossen, ihn postwendend wieder in die Grobstofflichkeit zurückzuspedieren. "Mir wird auf einmal so übel", klang es vom Computermännchen her, "Mir wird angst, alles stirbt ab, mein Empfinden trübt sich, ich vergehe, mein Bewußtsein schwindet, es war nur ein kurzer Traum, der mich zum Dasein führte, es wird Nacht, Kälte umgibt mich, von Dunkelheit umgeben sterbe ich, ja, das ist der Tod!"

Der Computer rappelte noch einmal, dann war er still. Ich öffnete das Gehäuse, drang bis zum Prozessor vor. Doch was war das? An, besser gesagt in die Elektronik der zentralen Schaltstelle hinein war ein glänzender Gegenstand eingeschmolzen. Als ich ihn faßte, löste er sich ab. Matt glänzend lag er in meiner Hand. Silizium dachte ich, was könnte es anderes sein. Geformt wie eine Träne, anrührend, mitleiderregend.

Kleine feine Seele im Jenseitsbereich. du hast dir den falschen Leib gewählt. So ein Elektronikkasten ist denn doch nicht die ganz geeignete Form Dasein im Diesseits in gang zu setzen! Bevor die Ära der Roboter begann, ist sie also schon zu Ende. Traum oder Albtraum - nie und nix ist es wohl mit der ganzen Komputianerei. Und wie es mir scheint, gilt das auch für alle Zukunft.

Die ultimative Begabung

17.7.2001

Mein lieber Schnipp-Schnapp, du fragst mich allen Ernstes, welchen Berufsweg du nach erreichter Mündigkeit nun einschlagen sollst. Da wollen wir doch einmal sehen, was du so für Fähigkeiten besitzt, die du in diese Unternehmung einzubringen vermagst. Also mit dem logischen Denken ist es wohl nicht weit her bei dir. Schließlich bist du über die dritte Klasse Sonderschule nicht hinausgekommen. Früher sagte man ja Hilfsschule oder auch Dofenschule - na du weißt selbst, daß du kein besonderes Licht in der Schule warst.

Die niederen Tätigkeiten, die ein besonderes Maß an Intelligenz verlangen, sind dir also verschlossen. Es kommen nur höher gestaltete Berufe infrage. Etwa die Politikerlaufbahn, das höhere Unternehmensmanagement, vielleicht sogar die Offizierslaufbahn oder gar der Weg des Geistlichen hin zu Bischoff oder Kardinal! Die Tiara, Schnipp-Schnapp, würde dir gewißlich blendend zu Gesicht stehen.

Nun soll man einen Beruf ja nicht nur deshalb ergreifen, weil einem gewisse Fähigkeiten fehlen, sondern weil man spezielle Möglichkeiten und Anlagen in sich trägt, die gerade für diesen Beruf von unabdingbarer Notwendigkeit sind. Da frage ich dich doch gleich einmal: welche Fähigkeit ist dir gegeben, die dich vor allen anderen Menschen auszeichnet. Was, du weißt keine. Na das gibt es nicht. Jeder, aber auch jeder hat mindestens eine Besonderheit, die ganz allein ihm zukommt. Sonst wäre er ja kein Individuum. Na was ist? Immer noch keine Idee, was dich aus allem heraushebt?

Ich seh schon, auch die reflektive Selbstdiagnose ist dir im Wesen fremd. Also werde ich dir auf die Sprünge helfen müssen.

Vielleicht daß deine Erscheinung, das Bild, das du in der Öffentlichkeit abgibst, einen Hinweis auf dein künftiges Wirkungsfeld enthält. Also, wenn ich dich so betrachte, erscheinst du mir wie zusammengewürfelt. Jedenfalls in der Kleidung.

Unten knallgelbe Schuh, neuestes Modell, darüber Jeans, blaue Steinwaschware, altersgebleicht und ausgefranst. Dann ein blaugetöntes Smokinghemd, sehr flott, mit grünchangierender Fliege. Als Blazer eine alte Fliegeruniformjacke, kakifarben, um die Schulter drapiert ein Seidenumhang mit gold-violetter Schärpe. Du wirst zugeben, lieber Schnipp-Schnapp, wenn man dich so einem Herrenausstatter präsentiert, muß man um seine Sehschärfe bangen.

Offenbar bist du ein Gigant an Geschmacksdivergenz, deine dir innewohnende modische Kombinationsfähigkeit grenzt geradezu ans Wunderbare. Das aber können wir ausnutzen, um dich auf den rechten Berufspfad zu führen. Über Geschmack läßt sich streiten, bei dir mündet jeder solche Streit in lähmende Sprachlosigkeit und intellektuelle Verwirrnis. Jeder nur halbwegs normale Erdenwurm wird sagen, daß ihm hier ein Phantom modischer Irregularität begegnet, dessen Existenz schlicht abgeleugnet werden müsse.

Es ist aber alles real! Ausgehend von dieser Realität extravaganter Geschmacksprägung, die dir zweifelsfrei in die Wiege gelegt wurde, läßt sich nun ein Berufsbild anvisieren, welches dich zu höchstem Gipfel beruflicher Tätigkeit hinführen soll. Nennen wir deine besondere Begabung der Einfachheit halber Geschmacks-abnormität. Du bist offenbar ein Genie in Geschmacksperversion, ultimativem Kuhgeschmack. Was beruflich damit nun anfangen?

Wegen der geradezu außergewöhnlichen Stärke dieser Begabung kommt meines Erachtens nur ein hochkünstlerisches Wirkungsfeld in Frage. Aus Gründen deiner Intelligenzschwäche sollte der Job dir allerdings keine substanziellen Ergebnisse abverlangen. Mein Vorschlag wäre: Geh ans Theater. Aber nicht als Schauspieler oder Regisseur, sondern als der Neumodernen verschworener Bühnenbildner und Requisiteur!

Wer erinnert sich nicht an die grandiose Aufführung Verdis Aida in der Hamburger Oper, in der das spätere Grabmahl von grell-violett strahlenden Neonröhren eingerahmt wurde. Das war große Theaterschau, da wurde bürgerlicher Mief per Kaltlicht hinweggeflutet. Da war es schon beinahe zuviel, daß an einer besonders lyrischen Stelle der Oper eine Garde von Krüppeln in Rollstühlen die Szenerie bevölkerte. Aber doch - welch kühner Gedanke - wie da Behinderte von ihren Krankenschwestern in Altägypten hin und hergeschoben wurden, wobei sie es sich nicht nehmen ließen, auch mal ab und zu den jungen Dingern in den Po zu kneifen. Das war auf die Bühne transferierter Neu-Geist!

Und dann in Lübeck! Hänsel und Gretel. Humperdingks Musik ließ die Herzen schmelzen. Die Kinder erwachen, Waldseligkeit keimt auf, scheu, geheimnisvoll. Was erblicken Hänsel und Gretel und nun auch die Kinder im Zuschauerraum? Ein Knusperhäuschen, doch nicht eine der ewig schon betrachteten und gehabten Pfefferkuchenhütten. Nein, es ist ein Gebäude aus blinkenden Blechschindeln. Sie hängen mehr oder weniger verdrahtet an einem Baugerüst, aus best verzinktem Stahl aufgebaut, versteht sich. Daß Hänsel beim Versuch, von einem der Knusperkuchen zu naschen, sich fast die Zähne ausbiß, steigerte nur den theatralischen Effekt.

Und dann im gleichen Haus die tolle Aufführung der Fledermaus. Wie da im Haus Eisensteins ganz wie zufällig ein chromblinkendes Trecking-Sportfahrrad in der Mitte des Saales an eine Säule gelehnt war, das war schon irgendwie gekonnt. So richtig lässig zeitenübergreifend.

94

Oder im Deutschen Schauspielhaus in Hamburg. Prinz von Homburg. Da schreitet man zur Schlacht. Läßt die Fanfare blasen. Der Prinz sagt die unsterblichen Worte "Caesar Divus, an deinen Stern heft ich meine Leiter", Man denkt als kleinkarierter Zuschauling, daß jetzt die in Kampfkluft gekleidete Militärhorde die Bühne stürmt. Aber nein. Die Leute sind in feinsten Zwirn gekleidet, Abendanzug und so. Mit Schlips und Collage-Mappe, so, als wären sie gerade auf dem Weg zur Vorstandssitzung. Tja, das ist modernes Theater, so müssen die Stücke heute dargestellt werden, damit sie dem Publikum gefallen.

Deine Aufgabe, mein lieber Schnipp-Schnapp, wird sein, alles Unpassende und extrem nicht hineingehörende in Kulisse und Requisite eines aufgeführten Stückes zu plazieren. Deine großartige Begabung für unangemessene Kombinationen wird dir dabei helfen. Dein Genie in Sachen Geschmacksverirrung wird dich nicht im Stich lassen. Denk immer, was es nicht geben darf, gibt's nicht. Peinlichkeiten sind da, um verübt zu werden.

Wer meint, Theater und Oper würden auch deine stilistischen Fehlkompositionen überstehen, wird sich nach Jahren und Jahrzehnten der Zerbröselung künstlerischer Gesetze eines besseren belehren lassen. Deine Schuld ist dies nicht. Denn schließlich sind es die Zuschauer, die deiner Destruktion Beifall spenden und ihrer Hirnlosigkeit Rückhalt geben. Du machst deinen Job - die anderen haben den Schaden!

Zeit Gottes August 2002

Er saß auf dem Balkon in seinem Sessel, starr, unbewegt, geisterhaft. Er trug einen grauen Hut auf dem Kopf, das war das einzig Markante an ihm. Die junge Frau, die täglich mit der Hamburger Hoch-Bahn am Haus mit dem Balkon vorüberfuhr, dachte zunächst, es handele sich um eine Schaufensterpuppe. Doch das war nicht der Fall. Denn ab und zu bewegte sich der alte Herr, zwar nur in kaum sichtbarer Weise, aber er bewegte sich. Er war also lebendig.

Der alte Herr interessierte die junge Frau. Er saß nun schon mehrere Monate dort morgens auf dem Balkon, bei jedem Wetter. Gespannt wartete sie auf ihrer morgendlichen Fahrt, den Alten auf dem Balkon sitzen zu sehen. Es war eine liebe Gewohnheit geworden, etwas Festes im sonst unsinnigen Treiben ringsum. Und dann, eines Morgens, war der Balkon leer. Es gab ihr einen Stich im Herzen, denn auf unerklärliche Weise fühlte sie sich dem Alten verbunden.

Die junge Frau, nennen wir sie Ellen, redete sich ein, daß den Mann eine Unpäßlichkeit befallen habe, daß er am nächsten oder übernächsten Morgen wieder auf seinem angestammten Platz sitzen würde. Doch jedesmal, wenn sie in den nächsten Tagen an dem Haus mit dem betreffenden Balkon vorbeifuhr, war er leer und immer wieder spürte sie dann den gleichen feinen Schmerz in ihrem Inneren.

Irgend etwas ist mit ihm geschehen, dachte sie, etwas, was ihn von seinem Platz auf dem Balkon fernhält. Ist er etwa krank? Weggezogen kann er nicht sein, denn es hängen noch immer die gleichen Gardinen am Fenster und an der Balkontür. Also war er krank oder gar schwer krank? Die Frau, die wir Ellen genannt haben, ertappte sich dabei, daß ihre Gedanken immer wieder zu dem Mann auf dem Balkon hinglitten, jedenfalls zu dem, der eigentlich auf dem Balkon sitzen müßte und nun nicht dort saß.

Eine solche Hinwendung an einen total Fremden mag manchem eigentümlich vorkommen, vielleicht auch unpassend oder überspannt. Da ist es gut, gleich noch von einer zweiten Besonderheit Ellens zu berichten. Ellen hatte einen Jemand oder eine Jemandin bei sich, der oder die sich nur als Stimme kundtat. Selbst wenn man das ganze als Albernheit abtun wollte. Die Stimme war da und gab ihren Kommentar ab oder fügte, wie Ellen oft sagte, ihren Senf dazu.

Wie so oft in verrückten Situationen, in die Ellen geriet, meldete sich die Stimme auch diesmal: „Es wird langsam zu einer fixen Idee bei dir, daß deine Gedanken immer wieder zu dem alten Zausel hinwandern. Was soll das. Hast du nicht genug mit eigenen, wirklichen Problemen zu tun? Komm endlich auf die Erde zurück!"

Doch im Gegensatz zu sonst, wo sie auf Einwendungen der Stimme sofort reagierte, nahm sie diese heute überhaupt nicht zur Kenntnis, sondern setzte ihre Gedanken unbeirrt fort. Sie versuchte, sich in den Alten hineinzuversetzen, und zwar nicht nur in die jetzige Situation, wo er nicht mehr vorhanden war, sondern auch schon davor, als er mit steinernem Gesicht und kaum merklichen Bewegungen in seinem Sessel auf dem Balkon saß. War er gelähmt, niedergedrückt oder nur bewegungsfaul?

Und jetzt, was war jetzt mit ihm? War zu der bestehenden eine weitere Lähmung erfolgt, die es ihm unmöglich machte, sich auf den Balkon zu begeben, vielleicht hatte er einen Schlaganfall erlitten, oder vielleicht war ein Überfall erfolgt und er, niedergeschlagen von roher Faust, konnte sich nicht mehr bewegen. „Ellen", sagte die Stimme, „deine Gedanken gehen wieder einmal mit dir durch, eine kleine Unpäßlichkeit wird es sein, nichts Besorgniserregendes. Du wirst sehen, am Montag ist er wieder an seinem Platz".

Wie Ellen vermutete, war er auch am Montag nicht zu sehen, und als sie am Dienstag Morgen ihn noch immer nicht auf dem Balkon sitzen sah, da entschwand ihr für kurz aus dem Gedächtnis, daß sie der alte Mann auf dem Balkon eigentlich gar nichts anging. Obwohl sie nichts mit ihm zu tun hatte, erhob sie sich an der nächsten Station kurz entschlossen von ihrem Sitz, ging zur Wagentür und verließ den Zug. Dann stand sie erst einmal etwas benommen auf dem Bahnsteig, einen klaren Gedanken zu fassen.

„Was tust du da", sagte die Stimme zu ihr, „Ellen, du mußt zugeben, daß du den Menschen nicht kennst, er von dir keine Ahnung hat, und höchst wahrscheinlich im äußersten Maß schockiert ist, solltest du bei ihm aufkreuzen." - „Ich sehe es ein", sagte Ellen zu ihrer mahnenden Stimme, mit dem nächsten Zug fahre ich weiter - Ehrenwort!" Damit setzte sie sich in Bewegung, dem Bahnhofsausgang zustrebend.

Als sie auf der Straße angekommen war, sah sie vor sich einen Blumenladen. „Du wirst doch nicht etwa noch einen Strauß Blumen kaufen," fragte die wachsame Stimme in ihr. „Vergiß nicht: das Geld wächst nicht auf Bäumen, also bitte, halt dich zurück!" - „Ich habe nicht die geringste Absicht, so etwas zu tun," sagte Ellen, betrat den Laden und verließ ihn nach wenigen Minuten mit einem prachtvollen Strauß rötlich-gelber Chrysanthemen.

„Du bist eine Lügnerin, Ellen," sagte die leise Stimme, „das weiß ich schon lange, aber so feucht-frech hast du noch nie gelogen. Erzähl mir jetzt nur nicht, du hast den Strauß für dich gekauft." - „Vielleicht, vielleicht auch nicht," sagte Ellen, „wir werden sehen".

Damit ging sie schnellen Schrittes vorwärts, bis sie bei dem Haus angelangt war, auf dessen Balkon der alte Herr stets gesessen hatte und nun nicht mehr saß.

„Also der Balkon des alten Herrn liegt im zweiten Stock ganz an der Ecke des Hauses," sagte Ellen zu sich, „die Wohnung müßte sich finden lassen." - „Du wirst doch nicht etwa zu dem alten Herrn hinaufgehen. Das wäre eine Aufdringlichkeit, die geradezu skandalös wäre." - „Ach halt jetzt mal die Klappe," sagte Ellen zu der aufsässigen Stimme, „ich gehe hinauf, ob es dir paßt oder nicht - basta!"

Als sie im zweiten Stock angekommen war, fiel ihr sofort dort, wo sie den Eingang zur Wohnung des alten Herrn vermutete, ein sehr geschmackvoll gestaltetes Türschild auf: „Woldemar von S.". - „Den Namen Waldemar kenn ich," dachte sie, „aber Woldemar? Was soll's, seinen Namen kann man sich nicht aussuchen. Man heißt wie man heißt." Damit drückte sie auf den Klingelknopf.

Eine junge Frau öffnete die Tür: „Sie wünschen?" - „Jetzt siehst du es," sagte die Stimme in Ellen, „du kannst ihr nicht einmal begreiflich machen, was du hier willst!" - „Wohnt hier ein älterer Herr, der oft so einen grauen Hut auf dem Kopf trägt, jedenfalls, wenn er auf dem Balkon sitzt?" - „Stimmt, Herr von S. hat auf der Kommode einen Hut zu liegen, und wenn ich mich recht erinnere, ist er auch grau. Ob er ihn trägt, weiß ich nicht."

„Wenn es die Zeit von Herrn von S. erlaubt, würde ich ihn gern sprechen, nur kurz, ich möchte nicht aufdringlich sein, und seine Zeit zu sehr beanspruchen." - „Nicht aufdringlich will sie sein, dabei ist das ganze eine einzige Aufdringlichkeit." meldete sich die Stimme in Ellen. „Ach wissen sie," sagte die junge Frau, „Zeit hat er genug, das heißt genug von der Zeit, die ihm noch geblieben ist. Kommen sie herein."

Der Raum, in den sie kam, war abgedunkelt. An der Seite stand ein Bett und darin lag der alte Herr, den Ellen so oft auf dem Balkon hatte sitzen sehen. Als sie den Raum betrat, öffnete er die Augen und sah sie an. Er sagte kein Wort, so bewegungslos, wie er auf dem Balkon saß, so ohne Regung war er auch jetzt. „Ich habe ihnen ein paar Blumen gebracht," sagte Ellen, „vielleicht, daß sie ihnen ein wenig Freude bereiten."

Der alte Herr machte den Eindruck, als wäre er aus einem langen, bösen Traum erwacht. „Wie kommen sie nur darauf, gerade mir diese wundervollen Chrysanthemen zu schenken?" fragte er sie. „Sie kennen mich doch gar nicht." - „Ich kenne sie schon, jedenfalls aus der Entfernung. Ich fahre jeden Morgen mit der Hoch-Bahn an ihrem Haus vorbei und konnte sie bisher stets auf dem Balkon sitzen sehen. Seit einigen Tagen saßen sie nicht mehr dort. Das hat mich beunruhigt. Deshalb wollte ich nachsehen, ob ihnen etwas zugestoßen ist."

„Zunehmende Schwäche bewirkte, daß ich nicht mehr auf dem Balkon sitzen kann. Sie haben es bemerkt und besuchen mich nun. Ihr Besuch ist seit langer langer Zeit die erste Freude für mich. Ich weiß nicht, wie ich ihnen danken soll." - „Ach, sie müssen sich nicht bedanken," sagte sie, „für mich war der Anblick, den sie sitzender Weise auf ihrem Balkon boten, immer etwas so poetisch schönes, es war, als wäre die Zeit in ihnen und um sie herum zum stehen gekommen, daß die Freude, sie unversehrt in der ihnen eigenen Ruhe zu sehen, mich für die kleine Mühe, die ich hatte, voll entschädigt."

Herr von S. schüttelte sein Haupt. „Ich glaube," sagte er zu Ellen, „sie sind da einem großen Irrtum erlegen. Die Ruhe, ich möchte sie eher Starrheit oder Lethargie nennen, stammt nicht aus einer harmonischen Zufriedenheit des Herzens, sondern aus einer physischen Schwäche, die durch Verstrickung in ungeheure Schuld entstanden ist.

Es sind Verbrechen an der Menschheit, die ich begangen und letztlich allein zu verantworten habe, die im Nachhinein meine letzten Jahre verdunkelten. Sie verursachten nebenbei diese schreckliche leibliche Schwäche, die mich zur Tatenlosigkeit zwingt, so daß ich nicht einmal versuchen kann, etwas von meiner aufgehäuften Schuld abzutragen."

Ellen blickte ihn interessiert an: „Falls es ihre Seele erleichtert, erzählen sie mir doch von den Taten, die sie als Missetaten empfinden. Ich habe festgestellt, daß die meisten Menschen eine dunkle Seite in ihrer Seele haben, die sie am liebsten ausradieren oder wenigstens wegleugnen würden. Wenn sie, Herr von S., mit diesem dunklen Bereich allein nicht zu Rande kommen, vielleicht hilft es Ihnen, alles vor einer Unbeteiligten auszubreiten."

„Würden sie mir wirklich zuhören, sie, die nichts mit dem ganzen zu tun haben, würden sie das wirklich tun?" fragte er. „Aber gewiß doch", sagte sie, „dazu bin ich ja hier. Ich meine, ich wußte natürlich nicht, was mich bei ihnen erwarten würde. Es war wie ein sich im Innern entwickelnder Zwang. Doch besser so, als wäre ich achtlos an einem Schicksal vorübergegangen, das zu vollenden ich vielleicht Hilfe leisten kann, auch wenn ich nur einen geduldigen Zuhörer abgebe."

Nachdem sich Herr von S. an einem Stärkungsmittel gelabt, berichtete er: „Ich habe die Wissenschaft stets als Beruf, eher schon als Berufung gesehen. Ich dachte, daß mittels der Wissenschaft eine Gerechtigkeit vollkommenster Art zu erreichen wäre. Das war jedenfalls meine Ausgangsposition. Ich wollte Gerechtigkeit um jeden Preis. Ich meinte, die vollständige Gerechtigkeit würde die Verhältnisse für alle Menschen in die einzig erstrebenswerte Bahn lenken."

„Als Wissenschaftler war ich hoch geachtet," fuhr er fort, „hatte aber doch nicht das erreicht, was ich ins Geheim zu erreichen hoffte. Da erhielt ich den Ruf einer amerikanischen Universität. Mit Freuden nahm ich den Ruf an. Und wie es sich ergab, waren meine Vorlesungen dort auch äußerst erfolgreich. Das besonders deshalb, weil meine Vorstellung der absoluten Gerechtigkeit in den USA auf größte Gegenliebe stieß. Die Folge war, daß nicht nur Studenten, sondern auch Militärs meine Vorlesungen besuchten.

Als das Semester zu Ende ging, bekam ich plötzlich eine Einladung ins Pentagon. Dort eröffnete man mir, daß man ein Forschungsprojekt ins Leben rufen wolle, bei dem Geld gewissermaßen keine Rolle spielen würde. Ich könnte aus dem Vollen schöpfen und Forschungen realisieren, die sonst undurchführbar wären. Die einzige Bedingung wäre, an der Konzeption und Ausarbeitung einer neuen Waffengattung mitzuwirken.

Diese neue Waffe wäre nicht wie die bisherigen Waffen einzustufen. Sie wäre die Waffe der Gerechtigkeit. Deshalb wären die Militärs von meinen Vorlesungen auch so begeistert gewesen, da es offenbar mein Hauptanliegen sei, der Menschheit den Gedanken der absoluten Gerechtigkeit nahezubringen. Hier nun wäre die Möglichkeit gegeben, die von mir angestrebte Gerechtigkeit in absoluter Art zu verwirklichen.

Ich war von der Idee fasziniert, einmal eine wahrhaft gerechte Lösung für die Probleme der Menschheit herleiten zu dürfen. Daß dies auf waffentechnischem Gebiet erfolgen sollte, schien mir in diesem Augenblick nicht von besonderer Bedeutung. Schließlich sind die Menschen unfähig, ohne angemessenen Zwang das für sie notwendige zu tun oder auch nur in passiver Weise gerechte Notwendigkeiten zu akzeptieren.

Ich merkte bald, daß es kein neues Projekt war, welches mir da angeboten wurde. Es hatte Vorläufer und diese Vorläufer. Dafür forschte man wirklich an vorderster Front. Und Geld spielte wahrhaftig keine Rolle. Was hier an Geld verbraucht wurde, hätte gereicht, den Hunger aller hungernden Menschen der Erde zu stillen. Aber es ging ja um Gerechtigkeit für den Frieden, was machte da der Hunger der hungernden Armen.

Wenn Friede ungerecht erreicht wurde, würde er durch den Kampf gegen die Ungerechtigkeit, der unausweichlich aufflammen würde, von innen heraus zerstört. Das bewahrte mich vor einer sentimental kitschigen Mitmenschlichkeit und machte meinen Blick frei für die eigentlichen militärischen Aufgaben, die es zu bewältigen galt. Es mußte die wahre, totale, endgültige Gerechtigkeit durch Waffengewalt erreicht werden.

Einzelne von uns, die den Einsatz der von uns entwickelten Waffensysteme für unverantwortlich, wenn nicht verbrecherisch hielten, wurden durch die Argumentation zum Einlenken gebracht, daß schließlich nicht wir die von uns entwickelten Waffen einsetzen würden, sondern Politiker hohen Ranges, die von innerer Moral gefestigt, keine irgend geartete Fehlentscheidung treffen oder mittragen würden.

Wir warfen uns zunächst auf die Entwicklung und Vervollkommnung der Landminen. Die Herstellungskosten für Landminen wurden von uns so drastisch gesenkt, daß es möglich war, sie in hundertmillionenfacher Ausfertigung in den Krisengebieten einzusetzen. Ganze Landstriche konnten so unbetretbar gemacht und damit befriedet werden.

Nachdem die abgereicherte Uranmunition von uns geschaffen war, wendeten wir uns den biologischen und chemischen Waffen zu. Was wir hier für die Menschheit an Kriegstechnologie hinzugewannen, kann nur durch das Wort gigantisch in treffender Weise charakterisiert werden. Wir brachten in einer Generation an Vernichtungskraft mehr zustande, als alle Generationen vor uns." Der Alte hielt im Bericht inne.

In die entstandene Stille hinein meldete sich die Stimme in Ellen: „Bist du eigentlich noch bei Sinnen? Merkst du nicht, daß du einen der großen Unholde der Menschheit vor dir hast, der mit seiner verlogen wissenschaftsorientierten Auffassung Ungeheuerlichkeiten verübt hat. Nimm deinen Chrysanthemen-strauß, und wirf ihn ihm an den Kopf. Dann sagst du ihm, er solle nach seinem Ableben Hitler schön von dir grüßen. Dem würde er sicherlich im düsteren Teil des Jenseits begegnen."

„Das werde ich nicht tun," sagte Ellen zu ihrer geheimen Aufpasserin, „wäre er wirklich ein solcher Bösewicht, wie du ihn darstellst, dann hätte er nicht am Anfang von seiner großen Schuld gesprochen, die zweifellos mit den von ihm geschaffenen Waffen zusammenhängt. Also bitte, laß ihn aussprechen und misch dich nicht in Dinge, die du nicht verstehst."

Zum noch immer schweigenden von S. sagte sie mit weicher Stimme: „Sagen sie Woldemar, sie heißen doch Woldemar, was hat es nun bewirkt, daß sie sich eine so große Schuld anlasten, die ihre letzten Jahre über das Maß verdunkeln konnte. Was brachte sie zu der Einsicht, sich nicht mehr von der aufgehäuften Schuld reinwaschen zu können."

Woldemar von S. schien sich einen Ruck zu geben, denn zwar zögernd, doch mit fester Stimme sprach er weiter: „Ich habe damals im Auftrag des Pentagons sehr gut verdient, so daß ich nach dem Ausscheiden aus dem Militärprojekt das Berufsleben ganz aufgeben konnte. Ich hätte nun meinen Neigungen leben können, doch ich spürte eine innere Unruhe in mir, die mich zwang, ein unstetes Wanderleben aufzunehmen. Ich reiste hierhin und dorthin, besonders aber in die Gegenden, in denen Bürgerkriege geherrscht hatten.

Und da sah ich es. Ich sah es immer und immer wieder. Kinder, deren Arme und Beine verkrüppelt waren oder ganz fehlten. Fragte man nach dem Warum, so bekam man stets die gleiche Antwort: Landminen! Sie lagen versteckt irgendwo im Sand, und wenn die Kinder spielend oder aus anderem Grunde in ihre mörderische Reichweite gelangten, dann bissen sie zu. Ganz schnell, ganz bösartig, ganz blutig!

Viele der Kinder starben, andere waren in Sekunden zum Krüppel gemacht. Die Schar dieser Verstümmelten und um all ihre Lebenschancen gebrachten wurde größer und größer, denn Millionen und Abermillionen dieser schreckenbringenden Minen lagen heimtückisch versteckt irgendwo dort, wo sie keiner vermutete. Erst wenn sie detonierten, die Gliedmaßen wegfetzten, wurde ihr schreckliches Geheimnis offenbar. Dann war es zu spät.

Ich begriff, daß durch meine unbedachte Arbeit, mein verbrecherisches Mittun, eine Lawine des Unglücks entstanden war. Ich hätte es mir sagen müssen, daß die einmal erreichte Kenntnis der preiswerten Herstellung dieser kleinen Monsterbomben, nicht auf irgendein Land einzugrenzen war. Auf fürchterliche, doch so nicht gewollte Art, war der Einsatz der Landminen in die Gerechtigkeit der allgemeinen Herstellbarkeit und militärischen Einsetzbarkeit geraten.

Jedes miese kleine Land, jede Befreiungsorganisation konnte Landminen legen. Man mußte die Minen nicht mal selbst produzieren. Die Industrienationen wetteiferten darin, sie den armen Ländern zu deren beliebigen Einsatz zu verkaufen. Eine Gerechtigkeit des Schreckens entstand. Zunächst für die in Kriegshandlungen verwickelten armen Länder. Doch was würde die Zukunft bringen. Vielleicht würden in den reichen Ländern auch einmal Landminen gelegt.

Ich begriff, daß Gerechtigkeit, so wie sie die Menschheit heute versteht, diametral gegen jede Form der Menschlichkeit gerichtet ist. Ja, hätte man Gerechtigkeit als Auftrag zu einem Ausgleich der divergierenden Besitztümer der Einzelnen aufgefaßt – von drei Bissen gebe ich einen an einen Hungernden ab - dann wäre Gerechtigkeit schon ein Ziel, das zu verfolgen sich lohnte. Doch so wurde Gerechtigkeit heute nicht gesehen. Gerecht war, wer auf einen empfangenen Hieb drei Hiebe zurückgab.

Als ein gläubiger Mensch, der ich von Jugend auf war, dachte ich damals, Gott dadurch am besten zu gefallen, daß ich den Bösen ihre Bosheit mit Zins und Zinseszins zurückzahlte, um so der Gerechtigkeit zum Sieg zu verhelfen. Daß diese Art Gerechtigkeit mit dem Leid vieler Unschuldiger erkauft werden muß, ist mir erst durch das, was ich an Elend sah, bewußt geworden.

Vor einem Jahr warf mich eine tückische Krankheit aufs Siechenbett. Zwar konnte man mich für Stunden hinaus auf den Balkon in einen Sessel setzen. Doch die körperliche Starre, die mich erfaßt hatte, ließ mich auch an der frischen Luft nicht los. Nur wenn ein Zug die Gleise entlangfuhr, kehrte für Sekunden eine geringe Lebendigkeit in mich zurück.

Ich habe vor ihnen mein ganzes verpfuschtes Leben ausgebreitet. Erst jetzt, nach dem Gespräch mit Ihnen, ist mir plötzlich klar geworden, daß es keinen Unterschied zwischen den Landminen und allen anderen Waffen gibt. Alle sind Ausgeburten einer haßerfüllten menschenverachtenden Lebenseinstellung. Ich empfinde es als ein Verhängnis, jetzt, wo ich die entscheidende Einsicht gewonnen habe, tatenlos bleiben zu müssen. Denn mein Leben ist zu Ende!

Ich weiß, was ich von nun an zu tun hätte. Ich müßte die Wahrheit herausschreien, daß jede Produktion von Waffen Unrecht weil Unmenschlichkeit ist. Ich stehe an der Schwelle zu meinem Tode und hadere mit dem Schicksal, daß es mir die Zeit nicht läßt, die Akzeptanz, ja Verherrlichung des Krieges als ein schweres Verbrechen anzuprangern."

Er sah Ellen mutlos und schmerzerfüllt an. Plötzlich entsann sie sich eines Romans von Thornton Wilder, in dem ein junger Mann, Theophilus North, der sterbenden Liselotte Hoffnung gespendet hatte und sie beschloß, dies mit den gleichen Worten bei Woldemar zu versuchen. „Sind sie der Meinung, lieber Woldemar," begann sie, „daß Gott, an den sie nach eigenem Zeugnis ja glauben, durch eine besonders schnöde Tat dahin bestimmt werden kann, alle Gnade, alle geistige Kraft von einem Menschen abzuziehen und ihn der Verelendung und geistigen Agonie auszuliefern?

Ich meine, das glauben sie nicht. Es ist auch nicht so. Das Leben ist ein wundersames Geflecht von Geschehnissen, Chancen, Versuchungen, die in mancherlei Triumphen, aber auch in schweren Niederlagen ihren schicksalhaften Niederschlag finden. Mag sein, daß ihr Leben an einem Endpunkt angelangt ist. Aber jedes Ende ist als Beginn einer neuen Form des Daseins aufzufassen. Gewiß, sie haben gefehlt. Doch Gott wird ihnen Gelegenheit geben, alle Schuld in angemessener Weise durch Liebe und Mitgefühl zu sühnen.

Ich denke bei ihrer jetzigen Situation an ein Wort aus der Bibel, das sie gewiß schon einmal hörten. Es lautet: „Gottes Zeit ist die allerbeste Zeit." Auf normale, alltägliche Situationen bezogen, gibt dieses Wort nicht allzu viel her. Ist der Blick aber auf den eigenen Tod gerichtet, ist dieses Wort geeignet, Trost und Hoffnung in nie geglaubter Weise zu spenden."

„Ich hörte das Wort in meiner Kindheit," sagte Woldemar, „ich hörte es und vergaß es wieder. Jetzt ist es zu mir zurückgekehrt: Gottes Zeit ist die allerbeste Zeit. Dann ist die mir von Gott bestimmte Sterbestunde auch die beste für mich. Wie konnte ich das vergessen." Ellen ging zur Balkontür, zog den Vorhang zur Seite. Da schien die Sonne ins Zimmer hinein und ließ den Raum kurz in einem unwirklichen Licht erstrahlen. Ein Seufzer entrang sich Woldemars Brust, dann war er still. „Es ist vollbracht," sagte Ellen zu sich und verließ Zimmer, Wohnung und Haus.

„Mag sein," meldete sich die Stimme in Ellen zu Wort, „daß du eine tiefe Befriedigung fühlst, wenn du wie heut Trösterin und Lichtgestalt spielst und einen Sterbenden ins Totenreich geleitest. Mich aber, die ich nur eingebildetes Sein besitze, greifen solche Dinge maßlos an. Nimm bitte ein wenig Rücksicht auf jemanden, der gezwungen ist, Höhen und Tiefen mit dir zu teilen. Noch jetzt befällt mich ein Fieber, denke ich nur an den Ablauf dieses Tages zurück. Sind wir zu Haus, begebe ich mich sofort zu Bett. Das ist das Einzige, was eine erdachte Person in dieser Situation noch zu leisten vermag."

Eierkopp 17. Februar 2003

Es war irgendwann vor 30 Jahren in Berlin. Eine Serie von Catch-Veranstaltungen war angekündigt. Ich weiß jetzt nicht, war es im Sportpalast oder in der Hasenheide. Es könnte auch in einem Saal nahe dem Zoo gewesen sein. Jedenfalls beschlossen meine Frau und ich, uns die Sache anzuschauen.

Als wir unsere Plätze eingenommen hatten, merkten wir gleich, daß einige der Zuschauer sich die Kämpfe öfter ansahen. Sie wußten offensichtlich bescheid, begrüßten jeden Kämpfer mit dem ihm anhängenden Spitznamen, und machten auch sonst durch Lamentieren und Lärmen auf sich aufmerksam. Es waren vornehmlich die, die oben auf dem Heuboden saßen, also auf den billigen Plätzen. Wie hätten sie auch sonst mehrere Eintritte hintereinander finanzieren können.

Wir saßen so in der sechsten, achten Reihe, also weit genug vom Ring entfernt, daß uns kein Ringer bei einem Hinauswurf auf dem Schoß landen konnte. Wir waren auch nicht besonders ambitioniert, sahen die Kämpfe eher vom Unterhaltungswert, und harrten der Dinge, die da kommen sollten.

Die Dinge kamen. Und zwar in Gestalt zweier Muskelprotze, die sich gegen die Seile warfen, um dann, zurückgefedert, gegen den Gegner anzurennen und ihn zu rammen. Das gelang nicht immer. Oft rückte dieser Gegner einfach zur Seite und ließ den anderen gegen seinen ausgestreckten Arm laufen. Dann machte es „Plupp", und der Anrennende fiel auf den Hintern. Dann warf sich der noch Stehende auf den Liegenden hinab, entweder auf dessen Brust, seinen Bauch, oder, ganz heimtückisch, auf eins der Schultergelenke.

Das machten sie übrigens nicht bloß aus stehender Position, sondern sie kletterten oft in der Ringecke ganz nach oben auf die Seile und sprangen von dort auf den Gegner hinab. Wie das die Knochen und Sehnen aushielten, war mir schleierhaft. Wir kamen damals zu dem Schluß, daß hier wohl ein großer Schwindel praktiziert wurde. Dem Publikum allerdings war das gänzlich Schnuppe. Es hatte seine Favoriten und wollte sie siegen sehen. Da regten sich zwei Frauen vor uns mächtig auf, weil es offensichtlich nicht so lief, wie es ihrer Meinung nach hätte laufen müssen. Doch sie beruhigten sich, denn nun kam ein Kampf zwischen zwei jungen Ringern, der jeden Sportbegeisterten vom Sitz riß.

Die Griffe wechselten in unglaublicher Geschwindigkeit. Da drehte der eine dem anderen den Arm auf den Rücken. Man dachte, er wäre geliefert. Aber nein, er sprang senkrecht in die Höhe und entkam so dem fürchterlichen Griff. In diesem Kampf war alles Tempo, Einfallsreichtum, Können. Man mußte höllisch aufpassen, wollte man alle Griffe und Griffkombinationen mitbekommen. Ein wahrhaft ästhetischer Kampf, der mich geradezu begeisterte.

Jetzt kam eine Pause, und dann merkte ich, daß sich langsam eine Spannung im Publikum aufbaute. Die beiden Frauen, die vorhin herumgezetert hatten, waren schon ganz wuschig, sprangen dauernd von den Plätzen auf, setzten sich wieder, und sprangen wieder empor. Als die Linke noch mal hochgeschnellt war, wurde es dem Ehemann denn doch zu viel. „Lisa, nun setz dich endlich mal auf deinen Hintern. Du machst einen ja ganz krank, mit deinem ewigen Rumgehopse."

„Ach laß mich doch, Egon, du weißt, wer jetzt kommt". – „Weiß ich, weiß ich", Egon darauf. Anschließend griff Egon nach oben über den Kopf seiner Frau und rammte sie mit Aplomb auf den Sitz hinab. „So, und nun benimm dich endlich!" Zwar kam aus ihrem

Mund eine Art Indianergeheul, doch sie blieb erst mal sitzen. Nicht so die Frau rechts. Sie hampelte so herum, daß ihr Ehemann schon ein paar mal von ihren Armbewegungen getroffen worden war. „Hermine!, sei doch mal etwas vernünftig. Du weißt, du sollst dich nicht aufregen. Dein Blutdruck! Sei schön ruhig, ja?" – „Also Karl, nun halt endlich mal die Backen. Mit deinem Geseier geht das schon den ganzen Abend. Glaubst du, das macht Spaß? Im Gegenteil, es ödet mich an. Jetzt weißt du´s."

Anzumerken wäre nur, daß beide Aussprachen so laut geführt wurden, daß auch die letzte Reihe auf dem Heuboden akustisch alles mitbekam. Und jetzt kam der, dessentwegen sich eine solche Spannung im Saal aufgebaut hatte: Eierkopp! Er trug seinen Namen zu Recht, denn so spiegelglatt war seine Glatze, daß ein anderer Name überhaupt nicht in Frage kam. Wäre nicht angemessen gewesen. Jedenfalls vom Wahrhaftigkeitsstandpunkt aus betrachtet.

Er wurde auch gleich richtig begrüßt. Der ganze Heuboden war in Aufruhr: „Eierkopp, Eierkopp, Eierkopp", dröhnte es da herab. Rechts die Hermine schnellte empor und schrie: „Du alter Arsch, was willst du denn schon wieder hier. Hau ab, oder ich beiß dir die Eier weg." – „Was denn", kam es da von der Lisa links zurück, „du dämliches Frauenzimmer. Mit deiner zahnlosen Fresse kannst du doch bestenfalls gekochte Mohrrüben mampfen. Eierkopp macht aus den Eiern deines Karl Rühreier, wenn du frech wirst."

Während dessen war Eierkopp am Ring angelangt. Ein Sprung hinauf und er stand im Ring. Jetzt tönte es auch aus der Mitte des Saals: „Eierkopp, Eierkopp." Sofort drehte Eierkopp sich zum Publikum und streckte ihm die Zunge heraus. Dann brüllte er laut und vernehmlich: Idioten! Affen! Dummköpfe! Ihr könnt mich alle mal!" Ein tosendes Gelächter war die Antwort. Dann flog eine Apfelsine in den Ring. Eierkopp machte Anstalten, aus dem Ring zu klettern und nach dem Übeltäter zu suchen. Dann überlegte er sich die Sache, griff die Apfelsine und warf sie zum Heuboden hinauf. Ein vielstimmiges Geheul war die Antwort.

Am meisten hatte der Vorfall Hermine rechts geärgert. „Verdammter Hurenbock", schrie sie Eierkopp im Diskant zu, „Wirst du wohl deine unverfrorenen Attacken gegen die Zuschauer einstellen? Du bist sowieso die größte Niete hier im Catcher-Verein. Hau endlich ab und überlaß das Feld vernünftigen Catchern. Mit dir sind die Leute ja doch nur angeschmiert."

„Was, du Stinkbolzen, willst du etwa damit sagen, daß Eierkopp kein guter Catcher ist? Sei vorsichtig, ich zerkratz dir dein Gesicht. Viel kann man daran ohnehin nicht verderben," kam es von Lisa links her. „Na klar ist er das, du Blödgans! Wenn du dein freches Mundwerk nicht hältst, muß ich leider hinübergehen und dich an den Haaren durch den Saal schleifen." Hermine war um eine Antwort nicht verlegen: „Du doch nicht. Du bekommst gleich Ärger mit deinem Egon. Aber ich komm selbst zu dir rüber, dann werden wir sehen, was du für ein Großmaul bist. Reden schwingen, und nichts steckt dahinter."

Damit machte sie Anstalten, zu ihrer Kontrahentin hinüberzugehen. Die Leute im Saal hatten den Wortwechsel natürlich verfolgt. „Ja, geh rüber, polier ihr die Fresse!", schrie jetzt einer. „Ach, bleib lieber auf deinem Platz, du holst dir nur ein Veilchen", ein anderer. Der ganze Saal war plötzlich auf die beiden Frauen fixiert. Eierkopp stand am Seil, ebenfalls sichtlich interessiert. Als nun Hermine sich anschickte, zu ihrer Gegnerin hinüberzugehen, kam sie aber nicht weit. Ihr Karl hatte sie hinten am Rock festgehalten. Als sie das merkte. Fuhr sie wie eine Furie herum, holte aus, und hieb eine Maulschelle auf die Backe ihres Karl, die daraufhin sofort rot anschwoll. „Bravo", grölte der Haufen, „Gib deinem Männe Saures."

Auf der anderen Seite hatte Lisa sich erhoben und wollte nun ihrerseits zu Hermine hinüberlaufen. Sie saß aber links von ihrem Egon, mußte also an ihm vorbei. „Setz dich", kommandierte Egon, „du machst dich doch nicht zum Gespött der Leute!" – „Ich will aber, verflucht! Ich muß es der verdammten Krähe besorgen." – „Ja, besorg es ihr", grölte jetzt der Saal, „Eierkopp bekommt Konkurrenz", tönte es vom Heuboden herunter.

Lisa versuchte mit aller Gewalt, an ihrem Egon vorbeizukommen. Sie hatte es fast geschafft, als er mit einer Hand von hinten ihren Hals packte, sie einfach so einen halben Meter hoch hob und sie, während sie wie wild mit Armen und Beinen strampelte, nach links zurück auf ihren Sitz zurückbewegte. Dabei gab es ein unangenehmes Geräusch, als ob an einem schneebedeckten Baum plötzlich die Äste unter der Schneelast wegbrechen. Egon hatte ihren Hals ein geringes zwischen seinen Schraubstockfingern zusammengequetscht. Von ihrem Egon auf dem Sitz abgelegt, saß sie nun, ganz still geworden, und hielt sich mit beiden Händen den schmerzenden Hals. „Die hat für heute genug", war der Kommentar meiner Frau neben mir, „Die schreit heute nicht mehr."

Hermine hatte das zwischen Egon und Lisa natürlich beobachtet. Als sie jetzt sah, daß ihre Gegnerin ausfiel, ließ auch sie sich wieder auf ihrem Platz nieder. Damit konnte das Catchen seinen Fortgang nehmen. Schon tönten wieder Eierkopp-Rufe vom Heuboden herab. Nun kam auch der Gegner von Eierkopp. Der Kampf konnte beginnen. Eierkopp war nicht umsonst so bekannt im Saal. Es war ein Scheusal. Was dieser Fleischbrocken an Fouls und Niederträchtigkeiten in dem nun folgenden Kampf praktizierte, stank zum Himmel, d.h. wenigstens zum Heuboden hinauf. Von

114

dort tönte es: „Du verdammtes Schwein! Was du kannst, sind doch nur Sauereien."

Eierkopp ließ es sich nicht nehmen, Bäh zum Heuboden hinauf zu machen. Dann packte er seinen Gegner und warf ihn mit Kraft so aus dem Ring, daß er zwischen den Zuschauern der ersten Sitzreihe landete. Zum Glück hielten die Sitze dem Aufprall stand. Die Zuschauer allerdings, die dort saßen, trugen schon einige Blessuren davon. Besonders eine Frau, eine von den zickigen, die eigentlich nur geringfügig etwas abbekommen hatte, fiel in einen solchen Schreikrampf, daß ihr Begleiter sie aus dem Saal tragen mußte. Oben auf dem Heuboden ergaben sich tumultuarische Zustände. Zum Glück war man hier zu weit vom Ring entfernt, als daß man mit Fäusten seinem Unmut Ausdruck geben konnte. So mußte man sich damit begnügen, Eierkopp mit unflätigen Bezeichnungen zu belegen.

Die Leute unten im Saal sahen das alles eher von der humorvollen Seite. Ihre Meinung war: wer sich unbedingt einen der teuren Sitzplätze direkt am Ring kaufte, sollte gefälligst auch das Risiko tragen, von einem lebendigen Wurfgeschoß getroffen zu werden. Sie hatten jedenfalls ihren Spaß. Der Schiedsrichter, der bis dahin ein Schattendasein im Ring geführt hatte, sah sich genötigt, Eierkopp eine ernste Verwarnung auszusprechen. Was ihm einen Fußtritt Eierkopps in seinen wohlgeformten Hintern eintrug. Nachdem der geworfene Gegner sich wieder berappelt hatte, ging der Kampf mit weiteren Gemeinheiten Eierkopps weiter. Unten der Saal war begeistert. Die weiteren Kämpfe, die dann folgten, waren zwar fair und einwandfrei geführt, rissen aber keinen mehr vom Sitz hoch.

Vielleicht zwei Wochen später, der Catch-Zirkus war gerade zu Ende gegangen, hatte meine Frau Karten für Shakespeare „Wie es euch gefällt" besorgt – in der Schaubühne. Der Regisseur hatte sich was besonderes ausgedacht. Das Stück wurde in dem alten Filmstudio draußen in Spandau aufgeführt. Man hatte die Halle mit Bänken versehen, unter den Bänken eine Art Kriechkeller installiert, das war der Ardenner-Wald, durch den man sich hindurchwinden mußte, bevor man zu seinem Platz gelangte. Zunächst aber kam man in eine Art Foyer hinein und sollte dort warten, bis man in die eigentliche Halle hinein konnte. Wir waren gerade im munteren Gespräch, als ein vierschrötiger Kerl am Eingang erschien und „Platz für den Ringer des Königs" hinausposaunte. Er stapfte in das Foyer hinein, schob die dort Versammelten einfach zur Seite und kam auf uns zu.

Hinter ihm schritt der Ringer des Königs, auch eine Gestalt, die schon von ihrer Größe und Kraft her imponierte. Und dann kam, ich hätte mir vor Überraschung fast in die Hosen gemacht, Eierkopp. Eierkopp und der Ringer des Königs sollten hier vor unseren Augen einen Ringkampf austragen. Na dann man los! Sie packten sich ohne viele Umstände und begannen einen Kampf, der mich an das exzellente Match der beiden jungen Ringer vor vierzehn Tagen erinnerte. Toll was die beiden Ringer leisteten. Überhaupt war ich erstaunt, wie ein Schauspieler einem Profi wie Eierkopp gegenüber so gut bestehen konnte.

Natürlich war der Kampf abgesprochen. Das war klar. Aber was die beiden hier an sportlicher Leistung zeigten, das war schon irgendwie beeindruckend. Und ich direkt neben dem Geschehen. Hätte ich einen Schritt vorwärts gemacht, der Ringer des Königs oder Eierkopp hätten mich zur Seite gestoßen. Um nichts in der Welt wäre ich aber in dieser Situation von meinem Platz gewichen.

Der Ringer des Königs wuchtete einmal Eierkopp zwei Meter über sich hinauf, daß dessen Beine zur Decke zeigten, und ich mir

Gedanken machte, an welcher Stelle er herunterkommen würde – dort wollte ich dann nicht stehen. Sie griffen sich richtig an. Man sah wie ihre Muskeln spielten. Sah wie sie vor Anstrengung schwitzten, hörte wie sie keuchten. Das war so kein Theaterspiel mehr. Da ging es um Sieg oder Niederlage, wenn auch nur eingegrenzt zwischen dem Beginn und dem festgelegten Ende des Kampfes.

Wie ich tags darauf in der Zeitung las, hatten die beiden zwei Monate lang für diesen Ringkampf geprobt. Dabei hatte Eierkopp den Schauspieler in die Grundzüge des Ringens eingeweiht. Denn festgelegt war im Prinzip nur das Ergebnis des Kampfes. Was im Kampf selbst ablief, das war zum größten Teil den Akteuren und ihrer Improvisation vorbehalten. Und noch etwas war dort zu lesen. Eierkopp war in keiner Weise als der Rohling anzusehen, als der er im Catcherring erschien. Es war ein studierter Mann mit Examen in Geschichte und Philologie. Im Interview machte er jedenfalls einen so seriösen Eindruck, daß man ihm die vielen Unsportlichkeiten beim Catchen nie zugetraut hätte.

Als ich meiner Frau den Artikel vorgelesen hatte, sah sie mich nur groß an. Dann erhob sie sich und sagte: „Alles Mache, das ganze Catchen, alles Mache!"

Klassentreffen 50 Jahre Abitur   16.5.2006

Nun hat sich also unser Abitur zum fünfzigsten Mal gejährt. So ganz richtig ist diese Aussage nicht, denn man könnte auch meinen, wir würden erst die 12 ½ -te Wiederkehr des Abi-Termins feiern. Das liegt an der vertrackten Konstruktion des geltenden Kalenders. Denn als geborene Querulanten hatten wir unser Abiturium nicht auf einem normalen Termin, sondern auf dem Schalttag 29. Februar. So feierten wir unser Fünfzigstes am 28. Februar erst mal provisorisch vorweg, um die eigentliche Feier, nun in Begleitung der jeweiligen Gattin oder Gespielin, am 20. Mai nachzuholen.

Am 20. Mai haben wir uns also als Klasse in Rheinsberg getroffen. Da wollten wir sehen, wer noch von der eisernen Garde übrig ist. Abgänge sind schon einige zu verzeichnen. Sogar einer meiner Freunde, Wolfgang B., ist darunter. Krebs! Was soll man machen. Futsch ist futsch. Manche meinen, der Krebs sei eine Ehekrankheit. Vielleicht war sie es in diesem Fall tatsächlich.

Ich erfuhr jedenfalls von seinem Tode erst nach etwa einem halben Jahr – auf dem Klassentreffen. Nicht von Gitti, seiner Frau, die eigentlich auch mit mir befreundet ist, sondern von Ehemaligen. Das war schon grotesk! So traurig die Nachricht auch war. Ich mußte einfach erst mal lachen. Dann dachte ich: „Na dann freu dich Freund im jenseitigen Bereich. Wenn es dort so lustig zugeht wie bei meinem ersten Gedenken auf deinen Weggang, ist mir nicht bange um unsere spätere unleibliche Existenz!"

Jedenfalls war es mir in diesem bemerkenswerten Augenblick vergönnt, in der großen Lachparade des Lebens ein Hauptlacher zu sein. Hei ho! Im Geiste steige ich mit dir noch einmal zum Lilienthaldenkmal hinauf, spanne wie jener die Flügel auf und laß mich gemeinsam mit dir hintreiben über die Horizonte ferner Welten. Einen Blick werfend über Zeiten und Räume – phantastisch, aufrüttelnd, gespenstisch!

Genug der Phantastereien, Schluß mit der Trübsal des Todes. Keinesfalls möchte ich meine Zuhörer langweilen, indem ich alle Begleitumstände bereits Davongegangener der Klasse durchhechele. Einen allerdings will ich kurz streifen, um dann zu erfreulicheren Themen überzuwechseln. Es handelt sich um den ersten von uns, der gewissermaßen das Hasenpanier ergriff.

Dieser erste war Horst W., genannt Hotte, ein unmöglicher Draufgänger. Mir ist noch gut im Gedächtnis, wie er die Physikstunden verbrachte. Die Physik fand in einem Raum mit ansteigenden Bänken statt. Auf oberster Position saß Hotte und spielte dort Skat. Unter dem Tisch, versteht sich. Nun mögen Lehrer zwar einiges übersehen, was sich da unter der Oberfläche tut. Blöd aber sind sie nicht.

Unser Physiklehrer war Dr. Protze, ein Zweimetermann mit großem Anklang bei uns. Der entdeckte also das geheime Skatspiel. Ging so sachte wie das schleichende Schicksal die Stufen zur oberen Bankreihe empor, hieß Hotte sich erheben – was dieser auch tat – holte von hinten aus der Achsel heraus aus und knallte Hotte einen brachialen Hieb auf dessen linke Backe, daß dieser wie vom Blitz getroffen auf seinen Sitz zurückflog.

Eigentlich war das auch schon damals unzulässig. Nur hätte Hotte zuhause von der Angelegenheit berichtet, hätte er sich die Dresche seines Lebens eingehandelt. Das war uns allen auch bewußt und deshalb wurde das Geschehen kommentarlos abgehakt. Ja, Hotte war schon eine besondere Marke. Als ich einmal mit ihm an einem eingedreckten Wagen vorbei kam, schrieb er auf die schmutzige

Windschutzscheibe: „Sau" und darunter „ber machen". Herzlich, unkompliziert, direkt.

Entsprechend dieser Einstellung wollte er dann Pilot werden. Ging auf eine Pilotenschule und war nun wohl oder übel gezwungen, auch rechnerisch tätig zu werden. Denn damals mußte der Pilot den Kraftstoffbedarf für den beabsichtigten Flug selbst berechnen. Da geschah es nun, daß sich Hotte, gemäß seiner unbekümmerten Einstellung zu Problemen der Mathematik, einfach mal verrechnete, und auf dem Flug von Rom nach Kapstadt gemäß der berechneten Treibstoffmenge irgendwo in der Sahara hätte notlanden müssen. Treibstoffmangel! Pech!

Die Ausbilder verstanden überhaupt keinen Spaß. Sie erklärten Hottes Ausbildung für beendet und die Pilotenlaufbahn, die noch nicht einmal richtig begonnen hatte, dazu! Die einzige verbleibende Chance, den ersehnten Beruf doch noch zu ergreifen, bestand in der Bereitschaft, sich eine Weile als Testpilot zur Verfügung zu stellen.

Auf dem letzten dieser Flüge geschah es dann. Die Maschine funktionierte nicht so, wie es die Konstrukteure erwarteten. Ein Rechenfehler. Das Flugzeug schmierte ab und ein Bündel Hoffnung und Lebenserwartung war perdu. Das war also der Erste von uns, der in die ewigen Jagdgründe wechselte. Andere folgten. Nicht nur Klassenkameraden sondern auch unsere Lehrer, die vor allem. Sie waren schließlich erheblich älter als wir, daher in letaler Hinsicht anfälliger.

Jetzt aber zu Erfreulicherem. Eines der ersten Ereignisse in unserer Klasse, an die ich mich erinnere, war ein Aufsatz, den ich leider, ich muß es gestehen, mit einer runden Sechs quittiert bekam. Es standen zwei Themen zur Auswahl. Das eine war die Beschreibung des Starts eines Düsenklippers, das andere bestand schlicht in der Aufforderung, die Fußballregeln aufzuschreiben.

Nun hatte ich bis dato weder als Passagier, geschweige denn als Pilot in einem Flugzeug gesessen. Luftfahrt war in meinen Augen ohnehin eine recht wacklige Angelegenheit. Also die Fußballregeln. Meine Kenntnisse schöpfte ich aus einem Kartenspiel, so eine Art Quartett, wo in Kurzfassung die wichtigsten Regeln aufgeführt waren.

Am kompliziertesten erschien mir die Abseitsregel. Damit fing ich an. Es gelang mir spielend, eventuelle Leser meines Aufsatzes in solche Verwirrnis zu stürzen, daß sie nicht mehr wußten, ob es sich hier um Fußball, Handball, Kricket oder gar Billard handelte. Es ging eigentlich alles durcheinander.

Um das ganze Ausmaß dessen, was sich im Gefolge meines Aufsatzes ergab, ermessen zu können, muß ich auf eines hinweisen. Nur zwei aus der Klasse hatten das Fußballthema gewählt, außer mir also nur einer, und der andere war auch noch so blöd gewesen, das der Klasse mitzuteilen. Ich dagegen hatte, aus einem innerlichen Gefühl der Vorsicht heraus, meinen Schnabel gehalten. Zum Glück!

Mein Aufsatz wurde vorgelesen. Es ergaben sich tumultuarische Zustände. Die Klasse war ja nun auf den anderen, der das Thema ebenfalls genommen hatte, fixiert. Was der arme Kerl an Schmähungen und Verunglimpfungen in diesem Augenblick über sich ergehen lassen mußte, ist nicht zu beschreiben. Einige schlugen sich mit Kraft vor die Stirn, dabei „So ein Schwachsinn" oder ähnliches brüllend.

Die Lehrerin, ich glaube es war schon Frau Dr. Brinker-Franke, versuchte darauf hinzuweisen, daß die Klasse gar nicht wisse, wer der Autor des Aufsatzes wäre. Diesen Einwand registrierte man aber nicht. Ich war natürlich froh darüber und machte mich so klein und unscheinbar wie irgend möglich, verkrümelte mich quasi auf meinem Sitz. Es fiel mir dabei auch gar nicht auf, daß meine Mitschüler am Grundsätzlichen des Aufsatzes nichts auszusetzen hatten.

Dafür meine Lehrerin. Sie vermißte die Aussage, daß es sich um ein Ballspiel handelte, daß dieses mit dem Fuß gespielt wurde und daß es so etwas wie ein Spielfeld gab. All das hatte ich als bekannt vorausgesetzt und die Mitschüler ebenfalls. Als der Aufsatz vorgelesen war, läutete die Pausenglocke. Unsere Lehrerin nahm die Hefte, verteilte sie unbesehen – niemand hat je erfahren, daß ich der Unglücksrabe war.

Wenn jetzt auch meine Aufsätze besser wurden, die Klasse selber war schon ein ruppiger Haufen. Es gab einige Lehrer, die sich gewiß vor unserer Klasse fürchteten. Dazu waren wir einfach zu frech und unbeherrscht. Frau Dr. Brinker-Franke nannte uns nur „die Nägel an ihrem Sarg". Manchmal trieben wir selbst mit ihr unser loses Spiel.

Da war mein Freund Wolfgang G., der später mit seinen Eltern nach Amerika auswanderte, dort Schiffbruch erlitt und noch viel später dann wieder nach Deutschland zurückkehrte. Der trug stets ein Kämpfchen Schulter gegen Schulter mit seinem Nachbarn aus. Auf seinem Platz, in der Klasse im Unterricht. Das geschah direkt vor den Augen unser Lehrerin. Sie saß nur zu dicht vor ihnen auf dem Pult und blickte wohl über das, was da vor ihr geschah, hinweg.

Einmal nun passierte es, daß Wolfgang nicht recht bei der Sache war, ich meine kampfbezogen. Er kippte zur Seite, verlor die

Balance und flog der Länge nach in den Gang hinein, direkt Frau Dr. Brinker-Franke vor die Füße. Sie sagte kein einziges Wort. Auch aus der Klasse war kein Mucks zu hören. Alle warteten darauf, was geschehen würde. Nichts geschah. Wolfgang erhob sich, stellte den Stuhl zurecht, setzte sich. Das war's.

Ein andermal war ich der Schuldige. Frau Dr. Brinker-Franke hatte die Angewohnheit, ihren Unterricht mit Fragen an uns zu würzen. Das machte das Dargebotene lebendig und hielt uns bei der Stange. Da kamen natürlich auch Fragen, die eigentlich keine waren, weil sie zum mindesten mir als zu läppisch erschienen. Als nun wieder mal eine solche Frage kam, blies ich die Antwort nach hinten in die Klasse hinein.

Frau Dr. Brinker-Franke hatte davon nichts mitgekriegt. Sie wartete auf die Antwort. Niemand meldete sich, denn jeder hatte Hemmungen, meine Antwort als seinen Beitrag vorzubringen. Ich dagegen fühlte mich nicht angesprochen. Es war eine vertrackte Situation entstanden. Frau Dr. Brinker-Franke war total irritiert. Eine solch einfache Frage, und dann keine Antwort. Minutenlang versuchte sie vergeblich, die Frage zu erläutern. Schließlich gab ich ihr die verlangte Antwort – oder war es ein anderer?

Im großen ganzen blieb sie aber von unseren Attacken verschont. Ja, wir nahmen ihre kleinen Schwächen gelassen hin. So war uns ihre Vergeßlichkeit bekannt. Deshalb schenkten wir ihr ein Bild, auf dem ein Engel abgebildet war. An den Flügelenden des Engels waren Knoten angebracht. Als Erinnerungsstützen. Darunter stand der Ausspruch von ihr: „Warum habe ich nur diesen Knoten hier angebracht."

Ich kann wohl sagen, wir waren ihr in äußerstem Maß zugetan. Alle! Wir hatten uns Frau Dr. Brinker-Franke selbst als

Klassenlehrerin erwählt. Was noch nichts besagte. Sie sträubte sich beträchtlich, dieses Amt in ihren letzten Berufsjahren zu übernehmen. Sie mußte richtig bestürmt und erobert werden. So wie ein junger Mann die Angebetete bedrängt, wurden wir nicht müde, sie als unsere Klassenlehrerin zu gewinnen.

Es gelang. Dabei muß man bedenken, daß unsere Klasse naturwissenschaftlich orientiert war. Und nun wurden Goethe und Rilke unser aller Vorbild. Gemeinsam mit ihr besuchten wir die Theateraufführungen Berlins, probten Sprechchöre und führten „Die Bürger von Calais auf.

Da ich der einzige der Klasse war, der zum Schauspieler nicht taugte, und nur als Statist mitmachte, darf ich ein Urteil abgeben. Die Aufführung war der einer Schulveranstaltung weit enteilt. Sie war professionell und schlug die Zuschauer mit Recht in ihren Bann. Daß das darin vorkommende Ehepaar später in natura den Bund fürs Leben schloß, ist nur eines der Highlights unserer damaligen Schulzeit.

Als sie sich für uns entschieden hatte, setzte sie sich voll für uns ein. Selbst da, wo mal wieder unser sogenanntes Banausentum zum Vorschein kam. Denn wir hatten natürlich auch Lehrer, mit denen wir nicht unbedingt konform gingen. So unser Bio-Lehrer. Der zeigte schon durch seine gerötete Gesichtsfarbe, daß er dem Schulstreß nicht gewachsen war. Doch Kinder sind grausam, Jugendliche nicht minder.

So hoffte er, mit Hilfe einer Filmvorführung eine der Stunden auf gute Art herumbringen zu können. Der Raum wurde also gedunkelt, die Vorführung begann. Das war das Signal für die Chaoten der Klasse, einen klitschnassen Schwamm gegen die Leinwand zu werfen. Der Schwamm verfehlte sein Ziel, die Leinwand war einfach als Ziel zu groß. Dafür traf er unseren Lehrer. Am Kopf. Der daraufhin fast zu platzen drohte. Der Lehrer lief wutschnaubend zum Direktor, ihm das unerhörte Vergehen mitzuteilen und entsprechende Bestrafung zu verlangen.

Oberstudiendirektor Dr. Viktor Herold kam denn auch umgehend zu uns und verordnete uns eine Strafarbeit mit dem Thema: „Ziele der Selbsterziehung, Grundhaltung zur Gemeinschaft." Ja, in solchen Formulierungen war der Direx groß. Schließlich sollte der Strafaufsatz einen erzieherischen Wert besitzen. Ich persönlich fand eine solche Kollektivbestrafung unfair. Mich fragte aber niemand.

Wahrscheinlich urteilte Frau Dr. Brinker-Franke in gleicher Weise wie ich. Also verkündete sie: „Na wunderbar, wir müssen ohnehin noch einen Aufsatz schreiben. Der Strafaufsatz wird als Klassenarbeit gewertet." Was natürlich absurd war, denn damit war die verordnete Strafe zur Farce geworden. Wir durften den Aufsatz auch gleich in ihrer Stunde beginnen, mußten ihn nur zu Hause vollenden.

Blieb also nur das leidige bescheuerte Thema. Und da hatte ich einen Gedanken. Ich dachte so für mich: „Ihr verdammten Mohrrüben, was seid ihr doch für armselige Kreaturen." Mit den Mohrrüben meinte ich natürlich unser Direktorchen und alle die, die solche Kollektivstrafen verhängten.

Damit war die Idee zum Mohrrübenaufsatz geboren: „Ihr seid Mohrrüben, müßt euch immer in der Reihe halten, schön in der Reihe, dürft nichts außer der Reihe tun!" So schrieb ich dann den Mohrrübenaufsatz. Es sprach sich schnell in der Klasse herum, daß ich mal wieder ein Ei auf die Schienen genagelt hatte. Über die Note für den Aufsatz wurde abgestimmt. Eine Eins! Die Abstimmungen waren von Frau Dr. Brinker-Franke eingeführt worden. Trotz Bedenken schloß sie sich schließlich dem Urteil der Klasse an.

Ob unser Direktor den Aufsatz zu lesen bekam? Ich weiß es nicht. Eigentlich ein armer Mensch, wenn man seinen Selbstmord im Turm unserer Schule nimmt. Das war aber nach unserer Schulzeit. Vorher hatte ich jede Menge kleiner Kämpfe mit ihm auszuführen. So hatte er die Idee, daß jede Klasse ein Bild an die Wand hängen sollte, welches uns von ihm geliefert wurde.

Als er dann nach einiger Zeit bei uns vorbeischneite und das Bild irgendwo an die Wand gelehnt vorfand, plusterte er sich auf, weshalb wir das Bild nicht aufgehängt hätten. Da fragte ich ihn geradeheraus, ob wir es etwa an die Lampe hängen sollten. Klar, das war frech gesagt. Was mir selbstredend einen Tadel im Klassenbuch einbrachte. Doch ich war im Recht. Die Wände der Aska bestanden aus Muschelkalk, ein Bohrer kam da nicht hinein. Also nix zu löten an der Holzkiste.

Ich weiß noch, wie er uns unsere neue Englischlehrerin, Frau Kühnhold, ankündigte. Er meinte, es käme jetzt eine kühne Holde zu uns. Wir waren gespannt. Na kühn war sie vielleicht, hold keinesfalls. Sie hat uns ganz schön auf Trapp gebracht. Über Langeweile konnten wir uns bei ihr nicht beklagen.

Ein anderer Lehrer wurde uns beim Antrittsbesuch nicht vorgestellt. Scherschmidt, unser künftiger Lateinlehrer, kam einfach in die Klasse und war da. Wir konnten uns das Lachen nicht verbeißen. Wie schon sein Name andeutete, war sein Haupthaar sehr kurz geschnitten, so als habe er nach oben gerichtete kurzgestutzte Streichhölzer auf dem Kopf. Er wartete. Wir sollten uns beruhigen.

Dann meinte er, er wolle gern mitlachen. Deshalb begann er eine Vokabel-Abfrage-Aktion, die uns zu Bewußtsein brachte, daß unsere Kenntnisse in dieser Richtung sehr viel zu wünschen übrig ließen. Da nun mußte wiederum er lachen. Was die Klasse doch recht peinlich berührte. Wir fragten uns, ob bei unserem neuen Lehrer vielleicht eine leicht sadistische Ader zum Vorschein käme.

Er hatte so eine Art, unsere Klassenarbeiten zu korrigieren, daß man bei der Rückgabe des Heftes geradezu entsetzt zurückprallte. Die Seiten erschienen einem eher rot als blau. Denn er pflegte jeden Fehler, ratsch, ratsch, ratsch, dreimal zu unterstreichen, dreimal am Rand zu markieren und zusätzlich einen ihm notwendig erscheinenden Kommentar an den Rand und zwischen die Zeilen zu schreiben.

Ich war so eingeschüchtert, daß ich beim Vorlesen eines lateinischen Textes die Zähne nicht auseinander bekam. Was ihn zu der Frage veranlaßte, ob ich etwa eine Murmel im Mund habe, mein Genuschel könne er in keiner Weise verstehen. Dann ging er daran, den Mißstand unmittelbar zu beheben. Er beorderte mich hinunter auf den Schulhof, von wo aus ich den Text vorzulesen hatte. Und zwar laut und verständlich!

Ich also unten, die gesamte Klasse und Scherschmidt oben am Fenster. Ich begann vorzulesen. Scherschmidt: „Lauter, ich versteh nichts!" Die Klasse an den Fenstern war am Feixen. Beim dritten Anlauf gelang mir dann die geforderte Lautstärke, ich durfte wieder nach oben.

Zurück zu Dr. Herold. Jährlich mit schöner Regelmäßigkeit kam die Geltendmachung unserer finanziellen Forderungen an ihn. Ich wußte von meiner Mutter, wann der Etat für schulische Aktivitäten verbraucht sein mußte, sollte er nicht fürs nächste Jahr gekürzt werden. Da stand ich bei ihm auf der Matte und präsentierte ihm die gesammelten Fahrkarten, Eintrittskarten und alles, was schulisch unterstützungsfähig war.

Sein Gelächter höre ich noch heute. Es amüsierte ihn köstlich, mir mitteilen zu müssen, daß es noch andere Klassen in der Schule gäbe, die ebenfalls Anspruch auf Unterstützung hätten. Unsere Forderung würde bereits den ganzen vorhandenen Etat ausschöpfen. Also, ich solle gefälligst auf den Boden der Realität herunterkommen. Spinnerei könne und wolle er in seiner Schule nicht dulden.

Ich ließ ihn sich abreagieren. Dann fragte ich bescheiden nach, wie es denn um die Forderungen der anderen Klassen bestellt sei. Was ihm da so vorläge. Dr. Herold meinte, diesbezüglich wären noch keine Unterlagen bei ihm eingegangen. Ich fragte weiter, welche Chancen bestünden, daß diese Unterlagen rechtzeitig eingingen. Bei dem Wort „rechtzeitig" fuhr er leicht zusammen. Dann zuckte er die Achseln.

Nachdem wir beide die Ungereimtheiten des Daseins innerlich hatten Revue passieren lassen, kam ich zu der entscheidenden Frage, wann er dem Schulamt über die Verwendung des Etats Bericht erstatten müsse. Unsere Blicke kreuzten sich. Sein Ausdruck besagte, daß er mich für das widerwärtigste Individuum der ganzen Schule hielt. Und das war noch sehr glimpflich ausgedrückt.

Dann sagte er: „Bis heute Mittag!" – Ich: „Also zwei Stunden noch." Er zögerte. Dann sagte er: „Gib her!" Ich bekam natürlich alles. Bis auf den letzten Pfennig wurde auch der kleinste Posten akzeptiert. Meine Aufstellung war einwandfrei. Das wußte er aus früheren Scharmützeln.

Der Klasse war es egal, wie wir zu Geld kamen. Hauptsache, es floß uns zu. Ich war ihr Finanzminister und scheffelte die Gelder. Denn was die Finanzen betraf, war die Klasse äußerst agil. Wir richteten kleine oder auch größere Tanzveranstaltungen in der Schule aus. Die kleinen hießen Pillen, und waren die Spezialität von Hans-Joachim B., der deshalb auch Pille genannt wurde. Er war ganz elektrisiert, wenn eine solche Pille veranstaltet werden sollte.

Unser Spruch war: „Pillendreher sind wir, Knappen, Jünger, Meister – wir wollen unsere Pille haben!" Das schöne an den Pillen war, daß sie uns recht ansehnliche Gelder in die Klassenkasse spülten. Der Ertrag war so hoch, daß wir nach dem Abitur damit zu erheblichen Teilen unsere Skifahrt ins Allgäu finanzieren konnten.

Die Klassenfahrt war dann auch krönender Abschluß der Schulzeit. Frau Dr. Brinker-Franke und Dr. Herold waren als Begleitung mit dabei. Ich hatte Gelegenheit, mit Dr. Herold Schach zu spielen. Es war eigentümlich. Er drang mit seiner Dame in den linken Flügel bei mir ein, und dann plötzlich, war seine Dame gefangen. Gefangen und kurz danach verloren. „Kann ja passieren," dachte ich. Also ein neues Spiel.

Doch in diesem Spiel passierte genau das Gleiche. „Hoppla," dachte ich, „die Sache wird kurios. Einmal ist kein Mal, zwei Mal ist einmal zu viel." Offenbar kündigte sich schon hier die spätere Katastrophe an. Dr. Herold war lange Zeit glücklich verheiratet gewesen, war mit seiner Frau auf einen Berg gestiegen, dort hatte sie eine Blinddarmvereiterung erwischt. Sie kamen nicht mehr rechtzeitig ins Hospital. Ende! Die neue Frau machte Schulden. Dem war er nicht gewachsen. Er gab auf.

Nun will ich aber nicht mit etwas so Unerfreulichem wie dem Freitod unseres Direktors enden. Deshalb möchte ich noch etwas aus dem Umfeld des Abiturs berichten. Wir hatten einen Physiklehrer, der uns groß verkündete, daß die Physik eigentlich zu schwierig für das menschliche Begriffsvermögen wäre. Also konzentrierte er sich auf die Radiotechnik. Da gibt es auch allerlei Interessantes. Nur war das nicht im Schulplan vorgesehen.

Etwa einen Monat vor Weihnachten kam er dann mit sorgenumwölkter Stirn in den Unterricht, meinte „Oh Gott, oh Gott, wir müssen ja ein schriftliches Abitur bewältigen. Was sollen wir tun?" Na, da war erst mal guter Rat teuer. Schließlich nahmen wir die Sache in die Hand. Der Physikus mußte dem Schulamt für die Klausur 12 Themen einreichen, vier Päckchen a drei. So bildeten wir zwölf Teams zu zwei Schülern, die je eines der Themen ausarbeiteten, vervielfältigten und an die anderen Klassenmitglieder verteilten. Das war dann wohl eine richtige Schummelveranstaltung.

Als ich für die Zulassung zum Physikstudium in die Prüfung der FU wegen des Numerus Clausus kam, war ich wohl der Einzige, der mit Note Drei dort aufkreuzte. Der Professor war ganz irritiert. Alle Mitbewerber hatten offensichtlich eine Eins. Und die Hälfte von uns wurden herausgeprüft. Ich frage mich nachträglich, ob da vielleicht ein ganz übersinnliches Phänomen am Wirken war? Ergebnis war: Trotz des Physikunterrichts ausschließlich in Radiotechnik habe ich die Prüfung bestanden. Was will man mehr!

BWV 775 26.3.2006

Das war damals eine schwierige Zeit. Wir, also meine Mutter und ich, waren bei der Großmutter untergeschlüpft, nachdem unsere Wohnung in der Lutherstraße am letzten Kriegstag in Flammen aufgegangen war. Es war eine Zweizimmerwohnung, in der wir zu Dritt Zuflucht fanden, und als meine Großmutter starb, hatten wir wenigstens jeder einen eigenen Schlafraum. Das Klavier aber, welches meine Mutter dann kaufte, kam ins Mittelzimmer. Meine Mutter schlief nebenan im Seitenzimmer.

Die Wohnung lag in Tempelhof und da in diesem Stadtteil keine kriegsentscheidenden Waffen produziert wurden, waren die Schäden durch die Bombardierung Berlins dort nicht nennenswert. Allerdings galt das nur beim ersten Hinsehen. Schaute man genauer hin, zeigten sich schon an manchen Wänden Risse, besonders dort, wo sogenannte Rabitzwände eingezogen worden waren. In unserem Fall auf der Wand zum Nachbarn, im Seitenzimmer.

Diese Rabitzwände waren nur so acht Zentimeter dick, wahrscheinlich aus einem gipsähnlichen Material hergestellt und den Druckwellen explodierender Minen nicht gewachsen. Es zog sich also ein Riß quer über die ganze Rabitzwand hin. An einer Stelle war sogar ein kleines Loch entstanden, durch das man ins Zimmer der Nachbarn hätte blicken können.

Das ganze wurde irgendwann notdürftig mit Gips ausgebessert. Und dann zogen neue Leute in die Nachbarwohnung ein. Eingewiesen wegen hoher Dringlichkeit. Die Dringlichkeit erläuterte der neue Nachbar im Treppenhaus vor unserer Wohnungstür. Er war hirngeschädigt. Er hatte wohl durch Kriegseinwirkungen einen Teil seiner Schädeldecke verloren.

Stolz hob er eine Platte , die er auf dem Kopf zu liegen hatte, empor, und zeigte uns die Stelle, wo offenbar das Gehirn frei unter der Haut waberte. Armer Kerl, dachte ich, immer mit so einer künstliche Schädeldecke leben zu müssen. Da er mitbekommen hatte, daß meine Mutter Lehrerin war, wollte er sich hier auch als diesem Berufsstand verbunden zeigen.

Daher erklärte er, daß seine Schwester auch Lehrerin wäre. Sie wäre in einer Schule für Staubstumme beschäftigt. Wir mußten natürlich in dem Augenblick ein sehr ernstes Gesicht machen, obwohl das Lachen wie mit Urgewalt in uns hochkroch. Ich dachte nur bei mir, daß bei ihm wohl nicht nur die Schädeldecke eins mitgekriegt hätte.

Damals las ich gerade die Abenteuer des Baron von Münchhausen, dessen einer der Nebenhelden eine ebenso gestaltete Schädeldecke aufwies wie unser Nachbar. Und Münchhausen, der mit ihm ausgiebig tafelte und trank, war höchst erstaunt, daß jener niemals betrunken wurde, bis er dahinterkam, daß er einfach die Schädelplatte lüftete und damit die geistigen Schwaden in die Lüfte entließ. Das wurde dann dadurch bestätigt, daß Münchhausen die Alkoholdämpfe ansteckte und auflodern ließ.

Hier bei unserem Nachbarn ging die Sache nicht so einfach ab. Wohl hatte er, wie sein Vorbild, einen ausgesprochenen Hang zum Alkoholismus. Ihm fehlte aber die Kenntnis, sich durch einfaches Lüften der künstlichen Hirnschale von dem widrigen Weingeist zu befreien. So gerieten er und seine Kumpane langsam aber sicher in Zustände, in der sie erhebliche Lautstärken entwickelten.

Konnte man sich dann nicht auf ein Lied einigen, das gemeinsam gesungen wurde, gab es lautstarke Auseinandersetzungen, die die Nerven der anderen Mieter des Hauses empfindlich strapazierten.

Natürlich wollte meine Mutter sich die Sache nicht bieten lassen, klingelte nebenan und mußte sich dann über eine Stunde lang das Gelaber des alkoholisierten Nachbarn anhören.

Zwar versuchte sie ihm klarzumachen, daß seine Gehirnmasse ohnehin nicht mehr so ganz in Ordnung wäre, und durch den Schnaps noch weiter schrumpfen würde. Doch solch naheliegende Vorstellungen paßten nicht unter die metallene Hirnschale unseres Nachbarn. Meine Mutter gab es deshalb auf, an diesem Abend verbal noch etwas zu erreichen.

Sie erreichte auch in der Folgezeit nichts. Alle Woche packte ihn der alkoholische Rappel und er nebst Frau und Kumpane tranken, grölten und stritten, daß es eine Lust oder besser eine Unlust war. Da war eben einfach nichts zu machen. Da meine Mutter die Nachtruhe brauchte, beschlossen wir, ihr Bett und das Klavier gegeneinander auszutauschen.

Das Klavier wurde also aus dem Mittelzimmer ins Seitenzimmer an die Wand zur Nachbarwohnung gestellt. Das wurde mit Hilfe einiger Speckschwarten bewerkstelligt. Und dann – mußte ich ja üben. Meine Freunde und ich hatten gerade Bach und seine Inventionen für uns entdeckt. Wir waren geradezu besessen von seiner Musik. Uns war klar, daß es für jeden, aber auch jeden Menschen ein inneres Bedürfnis sein müßte, diesen gegeneinander perlenden Tönen reiner Polyphonie mit Andacht und Hingabe zu lauschen.

Es war die Invention Nummer 4, besser bekannt vielleicht gemäß Bach Werkverzeichnis als die Nummer 775, welche ich gerade mit Eifer und Vehemenz ins Übungsprogramm genommen hatte. Ich setzte mich also ans Klavier, öffnete den Deckel, stellte die Noten zurecht und legte los. Dabei bemühte ich mich, die Töne so exakt wie nur möglich aufeinander folgen zu lassen.

Ich war gerade über die Mitte hinaus gekommen. Da machte es : Rums! Rums! Rums! Und zwar an der Wand zur Nachbarwohnung. Wie ich später erfuhr, war das ein Hocker, der mit Wucht mit allen vier Beinen zugleich vom Nachbarn gegen die Rabitzwand gedonnert wurde. Die wackelte nun beträchtlich. Die mühsam zugegipsten Risse brachen wieder auf und ließen das Gipsmehl hinabrieseln.

Na ja, mich konnten diese Geräusche nicht weiter irritieren. Ein feste Burg ist unser Bach. Ich ließ die Töne weiter dahinperlen.

Nun hat dieses Stück von Bach eine Besonderheit, die es eigentlich vor allen mir sonst geläufigen Stücken auszeichnet. Etwa kurz vor der Mitte und etwas nach der Mitte besitzt es einen Triller auf einem einzigen Ton, der bei der ersten Passage über drei, bei der zweiten über fünf Takte festgehalten wird. Unbeschadet, daß die andere Stimme beide Male einen ganz unabhängigen Lauf von Tönen darbietet. Das ist schon irgendwie speziell!

Während also die Töne der einen Stimme höchst melodisch aufeinander folgen, mischt sich die andere Stimme wie ein zu Musik gewordenes Reibebrett in die Tonfolge der anderen Stimme hinein. Damit kommt eine Spannung in das Stück hinein, welche auf allerdings ganz andere Art nur noch von Beethoven erreicht wurde. So nun sah unser Nachbar die Angelegenheit nicht.

Er fühlte sich offenbar im Innersten seiner offenliegenden Hirnwindungen gezwickt. Das, was ich hier an menschheits-beglückender Musik präsentierte, kam ihm wie ein aus Irrsinn geborenes Konglomerat von Tönen vor, das einzig zum Zwecke geschaffen war, seine ohnehin nicht mehr intakte Denkmaschine in eine noch tiefere Form der Unzulänglichkeit zu stürzen.

Schließlich fand er wohl die Qual, ausgelöst durch meine Musik so unerträglich, daß er aus seiner Wohnung stürzte, und mit Kraft gegen unsere Wohnungstür hämmerte. Donnerwetter, dachte ich, der will es wissen. Ich schlich also zur Wohnungstür und lugte durch den Spion hinaus, was dort los wäre. Draußen stand unser aufgebrachter Nachbar und noch ein weiterer Nachbar, dessen Anwesenheit mich beruhigte.

Ich muß jetzt eine Bemerkung zur Situation unserer Hausgemeinschaft machen, ohne welche das folgende unverständlich bliebe. In so einer Mieterschaft eines Hauses sind manchmal Typen versammelt, deren Vorhandensein im äußersten Maß unwahrscheinlich anmutet. Sie sind aber vorhanden und bringen eine geheimnisvolle Nuance ins Bild der alltäglichen Begebenheiten.

Worum es sich handelt? Nun, in unserem Hause wohnte ein Vater mit seinem Sohn. Er so um die Fünfzig, sein Sohn sagen wir mal 25. Er war Detektiv, also kein Privatdetektiv, diesen idiotischen Ausdruck gab es damals noch nicht. Er kümmerte sich allerdings ausschließlich um die Privatangelegenheiten anderer Menschen. Ein scheuer Bursche, den man nur selten zu Gesicht bekam.

Sein Sohn war in anderer Weise exotisch. Er war Zauberer. Also mit Zauberstab und einem Kasten, mit dessen Hilfe man die hübsche Assistentin erst mit einer Menge von Säbeln durchbohren konnte, ohne ihr ernsthaft weh zu tun, um sie anschließend ganz verschwinden zu lassen. Die Proben zu diesem Kunststück fanden auf dem Treppenabsatz unterhalb unserer Wohnung statt.

Ich vermutete, daß die Wohnung von Vater und Sohn so mit Krempel vollgestopft war, daß man dort beim besten Willen die drei Qudratmeter freier Fläche nicht finden konnte, die das Zauberkunststück erforderte. Es war also alles höchst geheimnisvoll, was sich bei den beiden tat.

Also besagter Detektiv hatte seine Wohnung verlassen und fragte unseren aufgebrachten Nachbarn, was denn nur los sei. Ich öffnete die Wohnungstür. Unten zwängte der Zauberkünstler seine Assistentin gerade in den bunt bemalten Kaste hinein. Nachdem er die mittlere Partie des Kastens durch Zuschlagen einer Klappe für den Zuschauer unsichtbar gemacht hatte, waren nur noch ihre hübschen Beine und ihr üppiges Oberteil zu sehen.

Dann machte er sich daran, die Dame mit allerlei Degen in ihrem Mittelteil zu durchbohren. Als das geschehen war, wurden auch die Klappen oben und unten geschlossen und auch dort traten die Degen in Aktion, um Beine und Oberteil zu perforieren. Ich war vor die Tür getreten und beobachtete das Geschehen mit Sorge. Wußte der Zaubermensch eigentlich, was er da tat?

Jetzt zog er die Klingen aus den Löchern im Kasten heraus, öffnete die Klappen und – der ganze Kasten war leer. Nanu, sagte ich, wo ist die Frau geblieben? Das interessierte unseren wutkochenden Nachbarn aber nun keinesfalls. Er war nur daran interessiert, mein unmelodisches Klimpern abzustellen. Er wurde richtig ausfallend. Sagte, ich würde ihn gesundheitlich ruinieren.

Dabei hampelte er so irrwitzig herum, daß ich dachte, solch Hirngeschädigte hätten vielleicht ab und zu mal eine Krise, und diese wäre gerade ausgebrochen. Seine Bewegungen wurden immer hektischer. Er tanzte wie ein Derwisch vor unserer Wohnungstür herum, hierhin, dahin, dorthin! Und plötzlich, wie es dazu kam weiß ich nicht, geriet er rückwärts hüpfend an die Treppe. Ich schrie noch Vorsicht, passen Sie auf! Da war es schon geschehen.

Er verlor das Gleichgewicht, und segelte mit Bravour die Treppe hinab, hinein in den Zauberkasten. Den Tumult kann man sich gar nicht vorstellen. Alle schrien gleichzeitig. Vor allem die junge verschwundene Frau hatte ein Organ, das die Wände zu zersägen drohte. Wie eine nicht vorhandene Person ein solch bestialisches Gekreisch hervorbringen konnte, war mir ein Rätsel.

Der staubstumme Nachbar war noch der Leiseste von allen. Er hing wie eine vom Beet gewehte Vogelscheuche in dem Brettergewirr, das einstmals eine Zauberapparatur gewesen war. Er hatte offensichtlich richtig was abgekriegt und heulte wie ein zu ewiger Höllenpein verdammter Sünder. Der Detektiv meinte nur: Recht geschieht ihm, muß er hier auch dermaßen herumhampeln und sich die Treppe hinabstürzen.

Der Zauberer brüllte, er wolle diesen Hirnamputierten vollends zusammenmatschen. Ihm seinen schönen Zauberkasten zu ruinieren und seine Assistentin mit seinem Salto reif fürs Krankenhaus zu machen.

Langsam kam nun auch die junge Assistentin aus dem Haufen Bretter, die vom Zauberkasten übrig geblieben waren, hervorgekrochen. War sie bisher schon nur sehr dürftig bekleidet gewesen, so hingen diese Winzlinge von Kleidung nun in Fetzen an ihr. Wäre ich etwas älter gewesen, hätte mich das wohl zu den gelungensten erotischen Phantasien beflügelt.

So fand ich das arme Geschöpf nur äußerst bedauernswert und verstand auch die aus allen Türen hervorquellenden weiteren männlichen Mieter voll, daß sie sich ausschließlich um das Wohlbefinden der jungen Frau kümmerten und nach Kräften versuchten, sie aus dem Brettergewirr endgültig zu befreien. Auch ihre spontanen Versuche, die Unversehrtheit ihres jugendlichen Körpers zu ertasten konnte ich durchaus nachvollziehen.

Nicht so der Zauberkünstler Schrumbum. Er trompetete: Ihr geilen Böcke. Werdet ihr wohl eure dreckigen Pfoten von meiner Assistentin nehmen. Haut ab, oder ihr landet ebenfalls mit Schwung eine Etage tiefer. Komm Geraldine! Damit griff er die so Angesprochene und verschwand mit ihr in der Wohnung seines Vaters. Da machte die hilfreiche Nachbarschaft schon verdatterte Gesichter.

Eigentlich hätten sie sich nun meinem gestrandeten Nachbarn zuwenden müssen. Man hatte aber offensichtlich das Interesse ganz am Geschehen verloren. Der Mann war ihnen ohnehin unheimlich. Also verschwanden alle mehr oder weniger schnell in ihren Löchern. Zurück blieb mein Nachbar auf seinem Bretterhaufen, und wußte noch gar nicht, was eigentlich passiert war.

Endlich kam seine Frau von oben angewackelt. Nach kurzer Besichtigung seiner Schäden an Körper und Geist entschied sie, daß er zum Krankenhaus müsse. So zuckelten sie also Richtung Unfallstation ab. Dieses Geschehnis markierte das Ende der großen Krakelerei nebenan. Offenbar hatte der Nachbar doch mehr abgekriegt, als ein so stark Geschädigter verkraften konnte.

Was genau mit ihm passiert war, entzog sich meiner Kenntnis. Von da an war ihm aber die Lust auf das Grölen von Liedern und auf Protestaktionen wegen meines Klavierspiels abhanden gekommen. Ich konnte mit Leidenschaft und Hingabe an meiner Bachinvention Nr. 4 üben. Aber wie gesagt, besser bekannt unter der allgemein üblichen Bezeichnung BWV 775.

Mein Vater 11.05.2007

"Mein Mann ist gestorben, er hat einen Schuß an die Lunge gekriegt." Als meine Großmutter im Jahr 1915 den Zettel ihrer achtjährigen Tochter fand, auf dem dieser Satz stand, wurde ihr erst mal schwarz vor Augen, denn es tobte der erste Weltkrieg, ihr Mann stand im Feld und sie bezog den Inhalt des Zettels fälschlicher Weise auf ihn. Es handelte sich aber um meinen Vater. Von meinem Großvater war da in keiner Weise die Rede.

Mein Großvater war zwar im Feld geblieben, doch wodurch er gefallen war, wer wollte das feststellen. Man mußte damals froh sein, wenn man überhaupt eine verläßliche Nachricht vom Tod seines Liebsten erhielt. Das alles war nun schon 30 Jahre her, es war wieder Krieg, doch im Gegensatz zu meinem Großvater war mein Vater nicht eingezogen worden, da er einen kriegswichtigen Betrieb leitete.

Der Kampf näherte sich seinem Ende. Die Russen standen vielleicht 50 Kilometer vor Berlin und rüsteten sich zum Sturm auf die eingekesselte Stadt. So ungefähr wußten alle über die herrschende Situation bescheid. Sie hörten im Radio den englischen Sender und konnten sich daher ausmalen, daß die Endphase des Krieges kurz bevorstand.

Sie wußten jedoch nicht, wo sich der letzte Kampf abspielen würde, in den Außenbezirken, oder im Innenbereich der Stadt. Wir waren in der Innenstadt untergebracht, nachdem wir in Schöneberg auf der sogenannten roten Insel ausgebombt waren. Das war ein Stadtteil, wo es mehr Kommunisten gab als selbst im Wedding oder in Pankow.

Die Roten waren jetzt natürlich abgetaucht. Doch gab es dort auch immer Leute, die an den Straßenbahnhaltestellen offen auf die Nazis schimpften. Wie mein Großvater. Die Familie sah ihn schon in einem Konzentrationslager verschwinden.

Uns wurde also eine Wohnung in der Lutterstraße zugewiesen. Das war eigentlich ein nobler Wohnort. Jetzt war es dort allerdings höchst gefährlich. Denn nur 2 Kilometer von uns entfernt stand der Zoobunker, der mit seinen Flakgeschützen die angreifenden Roten amerikanischer Flugzeuge beschoß und damit bevorzugtes Ziel ihrer Bombenwürfe war.

Wegen der akuten Wohnungsknappheit mußten wir zuletzt noch einige Mitglieder der Waffen-SS bei uns in der Wohnung übernachten lassen. Es waren Holländer, die weniger aus ideologischen Gründen am Krieg teilnahmen, sondern aus purer Abenteuerlust.

Eine verwegene Schar! Aber natürlich wußten auch sie, daß der Krieg verloren war. Man konnte mit ihnen durchaus offen reden. Besonders interessierte meine Eltern, was sie uns raten würden. Sollten wir hier im Innenstadtbereich ausharren, oder nach Lichtenrade gehen, wo meine Großeltern ein Grundstück mit einer Laube darauf besaßen.

Doch auch die SS konnte die Absichten der Russen nicht vorhersehen, und vor allem, keiner wußte, welchen Widerstand die Wehrmacht dem Angriff der Russen entgegenzusetzen fähig war. Daß sie bereits so geschwächt war, daß die Russen einfach die Außenbezirke Berlins überrennen konnten, das wußte bei uns niemand.

Ich war ja damals noch ein rechtes Kind. Völlig eingesponnen in meine Welt der Teddies und den Spielen mit Gleichaltrigen. Da war der Sohn in der Nachbarschaft, Vater Offizier. Wir stießen eines Nachmittags im Flur mit den Köpfen zusammen. Also, ich spürte eigentlich nichts. Mein Spielgefährte eigentlich auch nichts. Er war bloß plötzlich in sich zusammengesunken. Eine kleine Ohnmacht.

Mir war schon etwas unheimlich zumute. Ging deshalb zu meiner Mutter und berichtete ihr, daß der Fritz nach einem Zusammenstoß mit mir eingeschlafen wäre. Was meine Mutter und Großmutter zum Lachen reizte, Fritzens Mutter allerdings weniger. Sie verbot jeden weiteren Kontakt ihres Sohnes zu mir.

Aber da war ja noch der Sohn des Apothekers. Der war etwa in meinem Alter und besaß wie ich ein Kinderfahrrad. Also fuhren wir auf dem Bürgersteig gemeinsam hin und her. Dabei zeigte er mir auch einmal eine verchromte Nagelschere. Also ich war hin und futsch. Ich fand, daß das der tollste Besitz war, den ich mir vorstellen konnte.

Mit dem draußen Radfahren war es bald vorbei. Jetzt flogen die amerikanische Flugzeuge fast pausenlos, da sie ja keinen so großen Weg mehr zurückzulegen hatten. Man konnte sich daher einigermaßen sicher nur noch im Keller aufhalten. Doch es gab schon noch Pausen. Und da war ich Zeuge, wie ein sogenanntes Flintenweib in die Kunst des Schießens eingewiesen wurde.

Ein Stück in den Garten hinein war eine Schießscheibe aufgebaut. Die Frau warf sich, mitsamt dem Kleinkalibergewehr, einfach so auf den Bauch, und schoß. Ich fand das schon irgendwie eigentümlich. Sich so hinzuwerfen. Tat das nicht weh?

Doch die Umstehenden waren offensichtlich der Meinung, daß alles in Ordnung wäre. Auch ein paar alte Männer waren dabei, Volkssturmleute, wie ich hörte. Die wollten gemeinsam mit der Frau den Sieg retten. Ehe sie mit ihren Schießkünsten fertig waren, ging es aber schnell wieder in den Keller hinab. Denn die Sirenen heulten. Es war schon wieder Bombenalarm.

Da saßen wir dann, die gesamte Bewohnerschaft des Hauses und hofften, nicht von einer Mine getroffen zu werden. Denn es gab die Erzählung, daß Menschen allein durch den Explosionsdruck einer Mine die Köpfe abgerissen wurden. Ich versuchte, es mir vorzustellen. Die Köpfe flogen einfach so durch die Gegend? Ich kam damit nicht zu Rande.

Im Keller mußten wir irgend etwas tun. Nur so dasitzen, das war zu langweilig. Also falteten wir Papier mehrmals zusammen und schnitten dann Teile aus dem zusammengelegten Papier heraus. Das gab hübsche kleine Deckchen, wenn man das Papier wieder auseinanderfaltete.

Ich war ja nun noch ein Kind. Trotzdem ist mir einiges ganz unkindgemäß aufgefallen. Irgendwie hatte ich den Eindruck, daß die Bewohner des Hauses das erste Mal einen richtigen Kontakt zueinander hatten. Und sie hielten auch zusammen.

Ich glaube, es war mein Vater, der irgendwo einen Sack mit Haferflocken ergattert hatte. Er hat den Inhalt offenbar zu gleichen Teilen auf die Bewohner verteilt. Jeder bekam also einen Kochtopf voll. Und schob damit ab, hinauf in seine Wohnung.

Es gab bei uns ein Männerpaar, ob die beiden ganz gegen die arische Regel schwul waren, darüber wurde nicht gesprochen. Die weichten ihre Ration sofort mit Wasser ein. Was bedeutete, daß jetzt erstmal das ganze Haus Haferflocken essen mußte. Denn der Haufen quoll und quoll und quoll. Damit hatten die beiden offensichtlich nicht gerechnet.

Und dann eines Tages, ich entsinne mich noch genau, hatte irgendein Ferkel einen Haufen im Hausflur hingemacht. Meine Mutter sagte, daß uns das bestimmt Glück bringen würde. Das sagte sie aber so, daß ich spürte, sie meinte genau das Gegenteil. Auch mich beschlich ein schreckliches Gefühl der Angst, ohne es direkt benennen zu können.

Irgendwie hing dieses Gefühl mit meinen Vater zusammen. Das war mir innerlich bewußt. Ich konnte es nur nicht greifen. Es war eine Gefahr, undefinierbar, die sich unmittelbar auf meinen Vater bezog.

Vor meiner Rückkehr nach Berlin, zusammen mit meiner Großmutter, waren wir in Schlesien. Dort war man weit ab von irgendwelchen Bombardierungen. Doch man hörte natürlich Radio. Da wurde schon von Luftangriffen auf Berlin berichtet. Merkwürdigerweise stellte ich mir die eigentlich absurde Frage, wen von meinen Eltern es treffen solle.

Ja, ich dachte allen Ernstes nach, auf wen ich verzichten könne. Auf meinen Vater oder meine Mutter. Und da senkte sich die Schale des Schicksals, auf der das Los meines Vaters lag, in den Hades hinab.

Es war ein kindliches Spiel, kindlich und doch unkindgemäß. Ich spielte mit den Möglichkeiten der Zukunft. Tat so, als wäre ich Meister der Geschicke. Mir war bewußt, daß eine Entscheidung gefällt war. Nicht durch mich. Dafür aber unerbittlich. Nur ein Teil meiner Eltern würde überleben. Es schien mir, daß mein Vater das Opfer sein würde.

Auch ihm muß die Unabänderlichkeit bewußt gewesen sein. Er bewegte sich wie unter einer Glasglocke. Abgeschnitten von allen positiven Gedanken. Ich hätte so überaus gern gehabt, daß er auf dem Akkordeon, welches hinter dem Sofa lag, wenigstens ein einziges Mal gespielt hätte. Doch da ließ er sich selbst durch Bitten und Betteln nicht erweichen.

Dann der russische Angriff. Wie man später erfuhr, war die deutsche Militärmacht aufgebraucht. Die Russen stießen direkt zum Zentrum vor. Da stand dann die Flak auf dem Zoobunker und die Stalinorgel am Nollendorfplatz. Und wir mitten drin dazwischen.

Die Russen kamen in unseren Keller herab und schickten die Männer hinaus zur Kommandantura. Und dann warteten wir. Unser Keller hatte einen zweiten Ausgang, verschlossen durch eine Stahltür, nach hinten eine Wendeltreppe hinauf in den Garten. Alle anderen Männer waren bereits zurückgekehrt. Nur mein Vater fehlte.

Plötzlich rumpelte es auf der Treppe hinten. Einer sagte, das wäre bestimmt ein Russe, der zuviel Wodka getrunken hätte und nun das Gleichgewicht verloren habe. Wir lachten. Gleichzeitig fieberten wir vor Angst. Warum kam er nicht? Was war geschehen?

Meine Großmutter ging zur hinteren Tür, irgendetwas, was dort stand, hereinzuholen. Die Riegel wurden geöffnet – ein Schrei! Meine Mutter stürzte hinzu. Meine Großmutter: „Laßt das Kind nicht her.“ Ich habe meinen Vater nicht noch einmal gesehen.

Aber natürlich war nicht zu verhindern, daß ich alles erfuhr. Und das war passiert: Mein Vater war mit den anderen Männern zur Sammelstelle gegangen, wurde registriert und da alles in Ordnung war, zurückgeschickt. Auf dem Rückweg erwischte es ihn dann. So wie meine Mutter es 30 Jahre vorher schrieb – ein Schuß an die Lunge!

Er wußte, daß er nur noch wenig Kraft zu Verfügung hatte, daher nur wenig Zeit. So nahm er die Abkürzung über den Garten. Als er zur Treppe kam, faßte ihn der Taumel. Er stürzte hinab. Unten verblutete er.

Immer und immer wieder habe ich mir die Frage gestellt, ob mich ein Verschulden träfe. Was, wenn ich nicht gelacht, sondern darauf gedrängt hätte, nachzuschauen. Vielleicht, daß wir die Wunde hätten schließen können. Sein Leben damit retten. Später dachte ich so nicht mehr. Sein Schicksal war beschlossen. Daran gab es kein Rütteln.

Aber wenigstens ein Abschied zwischen meinen Eltern. Ein letztes Lebewohl! Noch später dachte ich: wie furchtbar, wie grausam wäre das erst für meine Mutter gewesen. Die Wunde stillen zu wollen, die nicht zu schließen war. Den geliebten Mann in den Armen zu halten. Ohnmächtig zusehen zu müssen, wie sein Leben verlosch. Vielleicht war der verborgene Tod meines Vaters ein großes Geschenk.

Ich wandelte damals wie im Traum. Aus allen Bahnen geworfen mußte ich mich besinnen. Und dann war alles ja noch nicht zu Ende. Die schrecklichen drei Tage gingen über Berlin hinweg. Vor allem die Frauen hatten der russischen Soldateska Tribut zu leisten. Was schlicht Vergewaltigungen bedeutete.

Zunächst einmal steckten uns die russischen Soldaten die Kohlen im Keller an. So brannte also das Haus nieder und die Frauen konnten froh sein, den Leichnam meines Vaters aus den Flammen zu retten.

Hinten im Garten war eine Art Bunker. Also ein Erdhügel über einem Stollen. Dorthin flüchteten wir. Und dann kam ein degradierter russischer Offizier, der seine persönliche verpfuschte Kariere durch eine Vergewaltigung meiner Mutter zurechtbiegen wollte. Mich und meine Großmutter scheuchte er hinaus.

Meine Großmutter lief, so schnell es ihr krankes Herz zuließ, hinüber zu den Kosaken, deren General um Hilfe zu bitten.

Und ich vor dem Bunkerloch. Der Russe mit Maschinenpistole im Anschlag. Auf meine Mutter gerichtet. Er konnte offenbar Deutsch. War ein gebildeter Mann. Aber so, wie die Dinge standen, war das nicht von Bedeutung. Meine Mutter beschwor ihn, auf mich Rücksicht zu nehmen. Auch darauf, daß sie gerade ihren Mann verloren habe.

Das Einzige, was er daraufhin tat, war, die Tür zu schließen. Ich dachte schon, alles wäre zu Ende, als der Kosakengeneral erschien und den Spuk beendete. Er nahm uns dann mit zu seinen Soldaten und stellte uns unter deren Schutz. Seitdem fühle ich mich den Kosaken verbunden.

Dieser Schutz für uns war der Familie des Apothekers nicht beschieden. Das waren vier Personen, das Ehepaar, mein kleiner Freund und seine ältere Schwester. Sie war vielleicht dreizehn.

Zu manchen Zeiten agieren Menschen schlimmer und niedriger als Tiere. Das Mädchen, fast noch ein Kind, wurde wohl ein Dutzend mal vergewaltigt. Die näheren Umstände habe ich nicht erfahren. Doch die Familie sah keinen Ausweg mehr. Als Apotheker hatte er Zugang zu Chemikalien. Zyanid. Es klappte erst beim zweiten Mal.

Da lagen sie dann nebeneinander in der Reihe. Starr und bewegungslos. Hineingelegt in das offene Grab. Es war das erste Mal, daß ich Toten begegnete. Das Mädchen hatte im Keller noch Zierdeckchen ausgeschnitten. Was ist der Krieg doch für eine Barbarei!

Damals habe ich die Russen gehaßt und hätte ein gewaltiger Zauberer mir die Möglichkeit gegeben, alle Russen auf einen

Schlag zu vernichten, ich hätte es getan. Erst später wurde mir klar, daß es hier keinen Unterschied zwischen den Völkern gibt. Da ist der Haß wie eine vertrocknete Frucht von mir abgefallen und nie wieder zurückgekehrt.

Als wir andern Tags nach Schöneberg zu meinen anderen Großeltern liefen, fand ich ein Telefon am Wege und es kam mir ein Lied nicht aus dem Sinn, welches damals gerade Schlager war: „Zum Abschied reich ich dir die Hände, und sag ganz leis, Aufwiederseh´n. Ein schönes Märchen geht zu Ende. Es war doch so schön."

Später habe ich, seinem Rhythmus folgend, ein Gedicht geschrieben, welches seinen Ursprung in eben diesem Gang durch die Trümmerwüste hatte. Und in dem verlorenen Telefon, das ich dort fand und an das ich mich dann erinnerte.

Und noch etwas ist mir später sehr klar geworden. So schrecklich der Gedanke auch sein mag: Von heute her gesehen war der Tod meines Vaters eine absolute Notwendigkeit für mich und meinen Lebensweg. Denn wie hätte ich eine Philosophie dieses Umfangs erstellen können, wenn mein Vater darauf gedrungen hätte, daß ich in seiner Schlosserei seine Nachfolge antreten müsse. Das hätte ein unlösbares Problem heraufbeschworen.

Das Telephon

Ich fand ein Telephon am Wege.
Ich hob es auf und nahm es fort.
Es sprach dereinst die schönste Rede,
nun gibt es kein Wort.

Ich fand ein Telephon verloren,
ich hob es auf, Krieg stand im Land.

Dem Hörer nahmen fort die Toren
das Schicksalsband.

Das Schicksal wollte mir nicht munden.
Ich war ein Kind und kannte nur das Spiel.
Ich mußte in den wenigen Stunden
das Kind vergessen und lernen viel.

Ich sang ein Lied, es war nicht lieblich,
ich sang es in das Telephon hinein.
Brand war um mich und Tote, gar nicht friedlich,
und ich war mit der Mutter allein.

Wir gingen über öde Flächen,
fast lag ich selber in dem Grab.
Ich konnte nicht von meinem Vater sprechen,
der mich mit seinem Lied umgab.

Ich fand ein Telephon am Wege.
Jetzt klingt nur noch ein Lied darin.
Es spricht wohl nimmermehr die Rede.
Im Jenseits liegt der Sinn.

Die Tautzer Marie Mai 2007

Als die Russen 1944 Ostpreußen näherrückten, wurden die dorthin evakuierten Berliner Kinder ins Sudetenland weitergeleitet. So machten meine Großmutter und ich uns also auf, die neue Bleibe zu erreichen. Das Ziel war Hummelstadt, ein malerisches Städtchen mit Kirche und einem Park, in dem man herrlich spazierengehen konnte.

Bevor wir dort allerdings anlangten, gab es an einer Eisenbahnstation einen Aufenthalt von zwei Stunden – wir sollten mit einem anderen Zug weiterbefördert werden. Da saßen wir nun erst einmal auf dem Bahnhof. Bahnhof war geprahlt. Der Bahnsteig war gleichzeitig Straße, auf der einen Seite die Schienen, auf der anderen Seite einige wenige Geschäfte.

Was lag also näher, als einen Blick in die Läden zu werfen. Natürlich hatten sie keine Schaufenster, so was wäre wirklich übertrieben gewesen. Eines der Geschäfte zog meine Großmutter magisch an. Es muß am Schild über der Tür gelegen haben. Damals war es mit meiner Lesekunst noch nicht besonders bestellt, deshalb kann ich nichts über den Inhalt des Schildes sagen. Wie auch immer, wir betraten den Laden.

Ich habe in meinem Leben einige kuriose Verkaufsräume kennengelernt. Dies hier war die unüberbietbare Spitze. Das ganze Geschäft war gefüllt mit Regalen bis hin zur Decke, und diese waren vollgestopft mit Artikeln, und diese Artikel bestanden aus Nippes, Nippes, Nippes.

Je nach Sichtweise des Besuchers war der Anblick berauschend, grandios, lächerlich, abgeschmackt, kitschig. Da gab es Engel mit Tüllflügeln, Vasen und Lampen mit irrwitzigen Verzierungen, überhaupt alle Sorten von Figuren, Schachteln, Bonbonieren aus mit Porzellan getränktem Gewebe. Ich war begeistert.

Und dann war da noch eine Riesenzahl von Tassen, alle natürlich in irgend einer außergewöhnlichen Weise gestaltet. Mir hatte es eine goldene Tasse angetan. Der Preis der Stücke war lächerlich gering, es war eher das Transportproblem zu bedenken. Als das geklärt war, kaufte mir meine Großmutter das begehrte Stück.

In Hummelstadt angekommen bezogen wir ein Zimmer in einer Art Pension, welches uns zugewiesen worden war. Neben unserem Zimmer wohnte ein schon älteres Fräulein, Tautzer Marie, mit der wir uns auf Anhieb verstanden und die uns mit den Gegebenheiten des Ortes bekannt machte.

Die Tautzer Marie war das jüngste von 13 Kindern ihrer Eltern. Da sie von Geburt an einen Ast auf dem Rücken hatte, also eine Verwachsung, die in den Augen ihrer Eltern nicht nur ein Gebrechen, sondern geradezu ein Verbrechen darstellte, so nannte man sie nur das Kropp oder das Kroppzeug.

Die Tautzer Marie war von der Natur schon sehr stiefmütterlich ausgestattet worden. Nicht nur der Buckel an ihrem Rücken, auch die gesamte Erscheinung von Armen, Beinen, Gesicht war so, daß man kaum einen Menschen finden konnte, der häßlicher ausgesehen hätte. Das jedenfalls wurde mir später berichtet. Ich selbst habe davon nichts bemerkt.

Wie es geht, hatten sich die Eltern der Tautzer Marie gründlich verkalkuliert. Sie hatten gedacht, daß zwölf wohlgeratene Kinder die Unterstützung und Pflege für sie im Alter zustande bringen würden. Doch die Kinder zogen hierhin und dorthin, hatten Ausflüchte und Vorbehalte. Zuletzt war nur das Kropp geblieben, welches den Eltern die Stange hielt.

Die Tautzer Marie erzählte diese haarsträubenden Sachen ohne einen Anflug von Bitterkeit. Sie war ein fröhlicher Mensch und sie war gläubig. Sie versprach, für meine Großmutter, die mit Glaubensdingen nichts zu tun haben wollte, jeden Tag zu beten. Sie wäre ein guter Mensch, und das Beten würde eben von ihr, der Tautzer Marie, besorgt.

Da die Mittel der Tautzer Marie sehr bescheiden waren, hatte sie gelernt, Schönes auch in kleinen Dingen zu sehen und zu finden. Meine Großmutter hegte einen Kaktus, der rund, grün und stachelig auf dem Fensterbrett in einem Topf vorsichhinwuchs.

Irgendwann bildete sich seitlich an der Kaktuskugel eine Knospe, und schließlich war es so weit. Die Märchenprinzessin entstieg dem Bad und empfing die Huldigungen ihrer Untertanen. Die Blüte war rosarot und so vollendet schön, daß der Tautzer Marie Tränen in die Augen stiegen, als sie das Wunder zum ersten Mal sah.

Ich erinnere mich noch genau an einen Spaziergang im Park, den meine Großmutter mit mir vorhatte. Ehe sie die Tür zu unserem Zimmer abschloß, brachte sie den blühenden Kaktus zur Tautzer Marie hinüber. Ich dachte damals, wir würden doch nur zwei Stunden fort sein, das lohne gar nicht den Aufwand.

Als ich nach unserem Spaziergang dann den Kaktus holen ging, saß die Tautzer Marie versunken vor der Blüte. Dann sah sie auf und sagte zu mir: „Viele Dinge kann man nur wahrnehmen, wenn man sich ihnen in Ruhe und Andacht nähert. So ist es mit allen Dingen, ob Blüte, Tier oder Mensch. Alles braucht viel Behutsamkeit und Einfühlung. Sonst bleibt man an den Äußerlichkeiten kleben."

So hätte mein Leben in Hummelstadt eigentlich sehr friedvoll und gelöst sein können, da ich doch in jeder Hinsicht umhegt und gepflegt wurde, wären da nicht die amerikanischen Bomber gewesen, deren Positionen auch uns über Rundfunk bekannt wurden. Wenn sie einen Angriff auf Berlin flogen, bemächtigte sich meiner Großmutter eine Unruhe, die sich auf mich übertrug.

Ich wußte schon ziemlich gut, wovon sie sprach. Vor einem Jahr in Berlin hatte ich das Ausklinken einer dieser mörderischen Bomben beobachten können, bevor wir hinunter in den bombensicheren Bunker rannten. Der Bomber flog hoch oben über uns hinweg. Dann löste sich von seinem Rumpf so etwas wie ein Torpedo und ging nun schräg nach unten auf die verderbliche Bahn, während das Flugzeug einfach so weiterflog.

Hier in Hummelstadt war vom Krieg nichts zu spüren. Wenn meine Großmutter mit mir abends bei Glockengeläut im Park spazieren ging, war das die Beschaulichkeit selbst. Ich allerdings mußte zusätzlich tätig sein, um auf meine Kosten zu kommen. So balancierte ich auf dem Eingrenzungsband des Rasens und bat meine Großmutter, es auch mal zu versuchen. Als sie nicht so recht wollte, meinte ich, sie würde dann keine gute Seiltänzerin mehr werden. Was sie bejahte.

So lebten wir also in voller Harmonie. Morgens holte ich Wecken vom Bäcker. Das war ein Genuß. Nur einmal war ich der Großmutter gram. Ich hatte für ihren Geburtstag eine Schachtel mit Nähutensilien gekauft. Beim Kauf mußte sie wohl oder übel dabeisein. Versprach aber, das Geschenk anschließend zu vergessen. Und dann hatte sie ihr Kaffeekränzchen zu Besuch.

Und was tat sie? Sie holte mein Geschenk, welches sie vergessen wollte, aus dem Schubfach herbei und zeigte es der Runde. Ich war empört. Wie konnte sie. Erst als die Tautzer Marie ein Wort für meine Großmutter einlegte, mir erklärte, daß auch Erwachsene von

Dummheiten nicht frei wären und meine Großmutter einfach ihre Tat vorher nicht genügend bedacht hatte, beruhigte ich mich.

Meine Mutter kam zweimal nach Hummelstadt. Das erste Mal, um nach dem Rechten zu sehen. Besonders wollte sie mich wieder zur Räson bringen. Denn ich war ein mordsfrecher Bengel, der seiner Großmutter nach Belieben auf der Nase herumtanzte. Und natürlich wollte sie auch erkunden, wie wir untergebracht waren, wie wir lebten, welche Nachbarn wir hatten.

So lernte sie auch die Tautzer Marie kennen. Die Tautzer Marie saß in ihrem Lehnstuhl am Fenster, als wir eintraten. Als meine Mutter so zum erstenmal diese verhutzelte, verkrümmte Gestalt sah, muß sich wohl eine Art Beklemmung über ihr Gesicht gelegt haben, welche eine merkwürdige Spannung im Raum entstehen ließ.

Ich spürte instinktiv, daß ich der Tautzer Marie beispringen müsse. Ich lief also zu ihr hin, umarmte und küßte sie und kuschelte mich dann in ihren Schoß. War meine Mutter ihr gegenüber vorher schon befangen, so hatte sie jetzt geradezu das Verlangen, vorzuspringen und mich dieser triefäugigen Hexengestalt zu entreißen.

Später gestand sie, daß ihr bei dem ganzen fast das Herz stillstehen blieb. Zum Glück sagte meine Großmutter: „ja, wir lieben sie alle, unsere Tautzer Marie, es gibt keinen besseren Menschen." Selbstverständlich wehrte die Tautzer Marie solche Lobhudelei strikt ab, aber das Eis war gebrochen.

Meine Mutter begriff, daß sie ein Menschenkind vor sich hatte, dem sich vielleicht zum ersten Mal in seinem Leben die Tür zu Liebe und Anerkennung von anderen geöffnet hatte. Also atmete sie erst einmal tief durch. Eine direkte Gefahr für mich schien ja von der Tautzer Marie nicht auszugehen.

Das zweite und letzte Mal, daß uns meine Mutter besuchte, war eigentlich kein Besuch mehr. Sie holte meine Großmutter und mich ab, um uns mit dem letzten Zug, der die Strecke fuhr, bevor die Russen kamen, nach Berlin zurückzubringen. Meine Großmutter hatte schon alles gepackt. Blieb nur der Abschied von der Tautzer Marie.

Da saß sie klein und schmächtig in ihrem Lehnstuhl und richtete den Blick auf uns. „Wollen sie nicht mitkommen, nach Berlin?" fragte meine Mutter sie, „Wer weiß, was die Russen mit ihnen anstellen, wenn sie herkommen."

„Ich kann es mir denken," die Tautzer Marie darauf, „für Kroppzeug wie mich ist bei denen noch weniger Platz als im Großdeutschen Reich. Was von den hiergebliebenen Deutschen laufen kann, wird davon gejagt. Wer nicht laufen kann, wie ich, für den ist das das Ende. Es tut mir leid: mit Ihnen kommen kann ich nicht. Meine Eltern sind doch auf mich angewiesen."

Das sah schließlich auch meine Mutter ein und verstummte. Nun denkt man ja immer, so ein siebenjähriger Junge, ziemlich frech und aufmüpfig, in keiner Weise den Problemen der Erwachsenen Beachtung schenkend, wäre unfähig, den eigentlichen Sinngehalt der Worte seiner Mutter und der der Tautzer Marie zu begreifen.

Doch mir war schon ziemlich klar, worum es ging. Zum Mindesten ahnte ich, daß die Tautzer Marie sich in einer schrecklichen Gefahr befand und daß offenbar nirgends eine Rettung in Sicht war. Und ich? Was konnte ich tun? Offensichtlich auch nichts.

So ging ich zu meinem gepackten Schulranzen und entnahm ihm einen in Papier eingewickelten Gegenstand. Den brachte ich der Tautzer Marie. Sie wickelte ihn aus. Es war meine goldene Tasse.

„Ich schenke sie Dir, damit du weiter an mich denkst. Mehr habe ich nicht."

Die Tautzer Marie wußte, daß sie ein solches Geschenk nicht zurückweisen durfte. Ihr war andererseits bekannt, daß die goldene Tasse mein Lieblingstrinkgefäß war, eigentlich das einzige, das ich benutzte. Sie saß wie auch sonst am Fenster und hielt die Tasse vor sich. Plötzlich fiel ein Sonnenstrahl auf das Gold der Tasse und verwandelte es in ein Meer von Glanz.

„Ich danke dir," sagte die Tautzer Marie, „für dieses großartige Geschenk. Jetzt wird alles gut." Und dann, nachdem ich sie zum Abschied umarmt und geküßt hatte, sagte sie noch: „Leb wohl, kleiner Held! Möge dir alles, was du dir im Leben erträumst, gelingen! Ich bete für dich."

Wie mir meine Mutter nach Jahrzehnten gestand, war es der Tautzer Marie gelungen, meiner Mutter die goldene Tasse heimlich wieder zuzustecken. Die gab sie mir, als in Berlin das ganze Übel der Naziherrschaft und der Schrecken des amerikanischen Bombenterrors vorüber war.

Mir wurde gesagt, die Tautzer Marie hätte die Tasse nicht mitnehmen können, als sie vertrieben wurde. Doch sie hätte einen Mittelsmann gefunden, der die Tasse zu mir hin transportierte. Auf mich machte die Rückkehr der goldenen Tasse einen merkwürdigen Eindruck. Denn so ganz konnte ich der Erzählung meiner Mutter nicht glauben. Das konnte nicht alles gewesen sein.

Ich meinte, den wahren Sachverhalt zu kennen. Vertreiben konnte man die Tautzer Marie nicht, so unbeweglich, wie sie war. Sie war ja auch an ihre Eltern gekettet, die man nun schon gar nicht einfach wegbringen konnte. Wer weiß, was man mit ihr und ihren Eltern anstellte. Gewiß war die Tautzer Marie gestorben und hatte kurz vor ihrem Heimgang die goldene Tasse jemanden mitgegeben, der sie bei uns ablieferte. So und nicht anders mußte es gewesen sein.

Der Tasse war kein langes Dasein bei mir beschieden. Irgendeine unbedachtsame Person stieß sie versehentlich vom Tisch. Da lag sie dann unten in tausend Scherben. Ich war untröstlich. Doch dachte ich, irgendwie hat sie dir ja nicht mehr richtig gehört. Eigentlich war sie Eigentum der Tautzer Marie. Und wenn diese tatsächlich gestorben war, wovon ich überzeugt war, ist sie jetzt zu ihr zurückgekehrt. Auf rätselhafte unirdische Art.

Wie ich zu meiner Frau kam   27.7. 2007

Es war ein Sonntag, als alles begann. Ich hatte eine Karte für das Schillertheater gekauft, und freute mich auf die Aufführung. Wie das Stück hieß, weiß ich nicht mehr. Das ist auch gut so. Denn die Aufführung war so miserabel, daß ich nach der Pause beschloß, meinen Platz sausen zu lasen. Doch was nun? Das Theater lag am Ernst Reuter Platz, Am Knie, wie man früher sagte, und das war eine durchaus öde Gegend. Außer Hochhäusern und rasenden Autos nichts.

Oder doch? Ich pilgerte die Bismarckstraße ein wenig entlang. Da hing eine Traube von jungen Burschen an einem Eingang. Cafe Keese, ein Ableger des hamburger Tanzschuppens. Man konnte dort einfach so hinein und innen gab es Musik und Tanz. Der Tradition gemäß war Damenwahl. Die Bude war gerammelt voll. Ich entdeckte einen freien Platz an einem der Tische und quetschte mich zu ihm durch.

Da saß ich nun und harrte der Aufforderungen der holdseligen Frauenschar. Die nicht erfolgte. Man wandte sich lieber irgendwelchen Mannsgestalten zu, die auf den Stühlen herumhingen. Mit einer Frauenbekanntschaft war es also nichts. So kam ich ins Gespräch mit einem jungen Mann, Herrn M., der wohl auch nicht ein bevorzugtes Interesse der Weiblichkeit weckte. Jedenfalls wurde unser recht intensives Gespräch durch keine Aufforderung zum Tanz unterbrochen.

Als wir uns verabschiedeten, hatten wir jedenfalls verabredet, miteinander zum Palais am Funkturm zu gehen, um dort vielleicht in effektiverer Weise Frauen aufzugabeln. Wir trafen uns dann dort. Wie gewohnt, war die Fläche bestens für einen Tanz geeignet, nur fehlte es für mich an Damen, die sich entsprechend meinen Vorstellungen herumschwenken ließen.

Er dagegen hatte eine Frau in Visier, die ihm ganz ungeheuer attraktiv erschien. Er fragte mich, ob ich seiner Meinung wäre. Ich besah sie mir, zugegeben kritisch, und fand, daß da nichts Besonderes an ihr wäre. Aber, meinte er, ihre Brüste wären doch ganz voluminös. Das wiederum konnte ich nicht bestätigen, denn ihr Busen verbarg sich hinter einem Wust von Pullover. Er ließ sich nicht abbringen.

Da nur ich motorisiert war, fuhren wir zu dritt, er hatte sie offensichtlich bequatschen können mitzukommen, zu einem Restaurant am Ku-Damm. Und dort entwickelte sich etwas, was man juristisch als Verhör zu bezeichnen pflegt. Er fühlte der jungen Dame auf den Zahn. Intellektuell.

Er befragte sie also nach Malern, Musikern, Schriftstellern und ihren besonderen Werken ab. Mir tat die junge Frau nur Leid, die da mit vollen Segeln unterging. Mit einer solchen Befragungsaktion hatte sie jedenfalls nicht gerechnet.

Eigentlich hätte ich die Bekanntschaft zu ihm unmittelbar abbrechen müssen. Und wäre ich damals schon etwas selbstbewußter gewesen, hätte ich es auch getan. So registrierte ich nur leicht betroffen, daß er ihr unumwunden sagte, daß er eine Bekanntschaft mit ihr für nicht aussichtsreich hielte. Deshalb Tschüß, Aus, Ende! Ich nahm ihn noch bis zur nächsten Haltestelle der U-Bahn mit.

Trotz solcher gegensätzlicher Ansichten hielt die Bekanntschaft ein gutes Jahr. Wir trafen uns ab und an. Mit Unterbrechungen. Mal war er im Krankenhaus, mal hatte ich eine junge Frau gefunden, die mich so mit Problemen eindeckte, daß ich mit deren Bewältigung voll ausgelastet war. Als das überstanden war, fand er, wir sollten ins Palais Madam gehen. Dort wäre eine gemäßigte Damenwahl.

Er war von der Idee, von einer Frau erwählt zu werden, offensichtlich so angetan, daß die Situation bei unserem ersten Treffens durchaus kein Zufall war. Da das besagte Palais kultiviert war, war ich einverstanden. Wir besuchten das Lokal zwei Mal. Vom ersten Besuch möchte ich – vielleicht – an anderer Stelle berichten. Also der zweite Besuch.

Dieser zweite Besuch wäre beinahe gescheitert, da mein Bekannter M. plötzlich eine Unpäßlichkeit bekam, daher verhindert war. Aber dann klappte es doch beim darauf folgenden Wochenende. Wir trafen uns also vor dem Lokal und gingen dann gemeinsam hinein.

Kam man in den Saal, lag zur linken Hand die Tanzfläche. Dort stand auch nur eine Reihe Tische. Auf der Gegenseite ebenfalls. Auf der Mittelseite gab es mehrere Reihen davon, von denen die Hälfte hinten auf einer Art Podest standen. Wir nahmen in der zweiten Reihe der Mitteltische unten platz.

Wir hatten gerade das obligate Minimalgetränk bestellt, als zwei junge Frauen den Saal betraten. Sie ließen sich auch gleich auf dem zweiten Tisch auf der Eingangsseite nieder. Ich saß so, daß ich die beiden direkt im Auge hatte. Die eine der beiden hatte ein beigefarbenes Kleid an. Es schien mir, als wäre sie wie von Licht überflutet. Jedenfalls stach ihre Erscheinung gänzlich aus der sonstigen recht trist gekleideten Gesellschaft hervor.

Die und keine andere wollte ich auffordern. Das war mir klar. Nun muß ich einflechten, daß ich bei Aufforderungen zum Tanz so leicht nicht zu übertrumpfen war. Schließlich war ich Turniertänzer. Ich hatte da meine eigene Strategie, die eigentlich immer funktionierte. Wenn sich das Orchester zum erneuten Spiel in Positur setzte, erhob ich mich gemessen und unauffällig.

Ich ging dann ganz langsam und bedächtig auf die betreffende Person zu. Aus langer Übung schöpfend paßte ich meine Geschwindigkeit den Erfordernissen der Situation derart an, daß ich genau beim Einsetzen der Musik bei der Zielperson anlangte, mich verbeugte, die Auserwählte auf die Tanzfläche führte und damit alle Konkurrenten leer ausgehen ließ.

So auch hier. Auf der Tanzfläche angekommen, bemerkte ich, daß sie ihre Lippen ein wenig verschminkt hatte. Nun hatte ich mal gehört, daß Frauen, die ein leichtes Abenteuer suchten, solche Art des Schminkens benutzten, um ein entsprechendes Signal abzusenden. Das war mir nur recht, denn da ich noch nicht über die Nachwehen einer gerade zerflossenen Liebschaft hinweg war, wollte ich im Augenblick nichts wirklich Ernsthaftes beginnen.

So meinte ich ihr gegenüber, daß ich eigentlich gar nicht hätte herkommen sollen, da ich eine frühere Beziehung noch nicht innerlich überwunden habe. Darauf meinte sie nur, da würde nur Gegengift helfen. Mit dem Gift meinte sie offensichtlich sich selbst. Was wiederum mich nicht überzeugen konnte, denn giftig sah sie nun gewiß nicht aus.

Und sie tanzte gut. Klar, die Tanzfläche war nicht groß genug, um irgendwelche Figuren zu tanzen. Aber sie ließ sich leicht führen und tanzte locker und unbeschwert. Beim zweiten oder dritten Tanz stellten wir uns vor. Ich hatte es mit einer Margarete zu tun. Margarete ohne „h", darauf legte sie Wert.

Um die Situation richtig verstehen zu können, muß ich wohl auch die Gegenseite zu Worte kommen lassen. Natürlich mit dem, was mir später von ihnen aus ihrer Sicht berichtet wurde.

Also zunächst hatte es auch bei Margarete eine Verschiebung des Termins um eine Woche gegeben. War das ein Zufall? Die Tochter des Chefs von Margarete, die mit ihr zusammen die Hauptkasse einer Elektrofirma führte, meinte zwar, im Palais Madam könne man nichts Vernünftiges finde. Aber egal, Hauptsache wäre, daß Margarete mal heraus und unter Menschen käme.

Und da sich Margaretes beste Freundin Marianne mitzukommen erbot, saßen die beiden nun zusammen am Tisch im Palais Madam und besprachen die Lage. Nach unserem ersten Tanz fragte Marianne ihre Freundin nach ihrem Eindruck. Wie ich so wäre. Margarete gab zu, ich tanzte gut, doch was solle sie mit dem Kindergarten.

Ach du meine Güte, meine Marianne, du bist ja auch schon so unermeßlich alt. Außerdem: so jung ist der gar nicht. Und er kommt wieder. Er steuert schon auf uns zu. Was Margarete veranlaßte, mich bei den nun folgenden Tänzen nach meinem Alter hin auszuhorchen. Natürlich nicht direkt. Mehr auf die verdeckte Tour. Fragte nach irgend welchen Ereignissen, um zu erfahren, ob ich sie erlebt oder von ihnen nur nachträglich erfahren habe.

Wie raffiniert auch immer sie es anstellte. Mein Alter bekam sie nicht heraus. Sie glaubte sogar, daß ich Lunte gerochen hätte und sie da ins Leere laufen ließ. Ich kann mich an Einzelnes nicht erinnern. Möglich wäre es schon gewesen. Denn für mich war die Eroberung einer Frau auch verbunden mit einer Art intellektuellen Kampf, den auszufechten mir ein rechtes Vergnügen bereitete.

Noch dazu, wo sie eine höchst attraktive, begehrenswerte Frau war, nicht eine von den jungen Dingern wie bisher, die sich in meiner Gegenwart kaum trauten, den Schnabel zu öffnen. Nein, Margarete war Persönlichkeit, und sie war, das merkte ich mit Freude und

Bestürzung, sehr damenhaft. Der verschminkte Mund war also kein Kennzeichen für Leichtfertigkeit, sondern nur Resultat einer Unachtsamkeit oder eines kleinen Malheurs.

So tanzte ich also den ganzen Abend mit ihr. Mein Begleiter M. war da weniger erfolgreich. Er liebäugelte damit, Marianne aufzufordern. War letztlich aber zu entschlußlos. Ehe er es sich versah, hatten sich andere schon um sie gekümmert. Und da er nicht meine Aufforderungstechnik besaß, konnte er nachträglich auch nichts mehr daran ändern. Erst am Schluß des Abends wurde er dann aktiv. Bat mich, über Margarete hin den Kontakt zu ihr zu ermöglichen.

Mich amüsierte sein Hin und Her während unserer Anwesenheit im Tanzschuppen. Das war so nicht meine Art. Mein Urteil in Richtung Frau war schnell gefällt und dann hieß es nur noch, eventuelle Mitbewerber auszustechen. Was mir bei Margarete voll gelang.

Als ich sie zur Garderobe begleitete, half ich ihr in ihren Pelzmantel hinein. Ein Pelz - das war bei meinen bisherigen Freundinnen undenkbar gewesen. Und dann begleitete ich sie zu ihrem Wagen. Sie fuhr einen NSU Prinz. Ein kleiner Wagen. Aber immerhin. Diese Selbständigkeit machte schon gewaltigen Eindruck auf mich. Ich war elektrisiert. Sie gab mir ihre Telefonnummer.

Natürlich rief ich sie an. Wir verabredeten uns. Nicht am Bahnhof Zoo. Das wäre mir zu albern erschienen. Am ZOB. Dort war ich pünktlich zur Stelle. Umkreiste den Platz. Nichts. Wie Margarete mir berichtete, ging es ihr ähnlich. Doch sie tat das einzig Richtige, rief zu Hause bei mir an. Meine Mutter war orientiert. „Er ist da, gehen sie nicht weg" beteuerte sie, „irgendwo auf dem Platz muß er sein."

Und dann kam sie mir entgegen. Etwas schockiert war ich schon. Das beigefarbene Kleid war offenbar das einzig helle Kleidungsstück gewesen, das sie besaß. Sonst war in ihrer Garderobe alles griesegrau und fad. Sie trug einen Flattermantel in Anthrazit. Und ihr Kleid darunter war auch nicht viel heller.

Sie erschien mir wie eine riesige Fledermaus. Das hatte ich so nicht erwartet, ließ mir aber nichts anmerken. Wie ich später feststellte, war dies Ausdruck ihrer momentanen Stimmungslage. Und die war nicht gerade fröhlich und unbeschwert.

Nachdem wir uns also getroffen hatten, war allerdings ich dran, Margarete einige Bauchschmerzen zu bereiten. Wir gingen in ein Restaurant. Und dann, ja dann legte ich los. Ich war es von meinen kleinen Freundinnen gewohnt, allein für die Unterhaltung zu sorgen. So leerte ich den Kübel meiner Beredsamkeit über dem Kopf der armen Margarete aus, bis ihr himmelangst wurde und sie sich fragte, ob das immer so weitergehen würde.

Es ging nicht so weiter. Zunächst trafen wir uns am Charlottenburger Schloß. Gingen durch den Schloßgarten. Unsere Unterhaltung verlief jetzt auch nicht mehr nur einseitig. Es war eigentlich ein sehr erfreulicher Spaziergang. Sie erzählte mir von Canada und ihrem Aufenthalt dort. Nannte mir auch ihren Namen, Frau Schmitt, geschiedene Frau Schmitt, auf das Frau legte sie wert.

Nun ist das so, daß in unserem Kulturkreis, wenigstens zu jener Zeit, die Initiative für eine erotische Annäherung vom Mann auszugehen hatte. Und da ich im Innersten meines harmlosen Wesens konservativ eingestellt bin, vielleicht mit der Modifikation des leicht Revolutionären, sah ich also auch bei Margarete die Annäherung ihr gegenüber in meine Hände gelegt. Ich dachte mit keiner Gehirnwindung daran, daß es bei Margarete anders laufen könne.

So schlenderte ich also mit ihr fröhlich über den Schloßplatz, als sie ganz unvermittelt meinte, es wäre eigentlich an der Zeit, daß ich ihr eine kleine Liebeserklärung mache. Ob ich daran schon gedacht hätte? Gewiß, ich hatte daran gedacht. Fühlte mich momentan aber etwas in die Ecke gedrängt. Ich war jedenfalls völlig überrumpelt.

Ich stotterte irgendwas Unverständliches. Um erst mal Zeit zu gewinnen. Ich glaube, ich argumentierte, daß es mir etwas zu schnell ginge. Doch nach einer halben Stunde Verschnaufpause sah ich ein, daß sie mit ihrem Ansinnen ja eigentlich selbst eine Liebeserklärung abgegeben hatte. Also machte ich ihr ein Liebesgeständnis. Und das war auch nicht gelogen.

Wir hatten dann nur noch eine wesentliche Klippe zu umschiffen, die unsere werdende Beziehung bedrohte. Es war, glaube ich, auf der Heimfahrt zu ihr vom Charlottenburger Schloß. Bei so einer Fahrt erzählt man sich dies und das. Dabei kam die Sprache auf Geburtsort und Geburtsdatum. Und ich erzählte, daß ich in der Gustav-Müller Straße in Schöneberg an einem 26. April geboren wäre.

Volltreffer! Mein von ihr geschiedener Vorgänger hatte da identische Daten aufzuweisen. Allerdings war er drei oder vier Jahre älter als ich gewesen. Ansonsten ein echter Hallodri, was die finanzielle Seite des Daseins anlangte. Da konnte ich Margarete schon beruhigen. Spekulative Eskapaden lagen mir so fern wie nur irgendetwas. Wir fuhren auch zu schnell, als daß sie im ersten Schreck hätte aus dem Wagen springen können. So blieb sie also bei mir!

Apropos Tanzsport   30.08.2007

Wie es so meine Art ist, ging ich als junger Mann das Problem mit den Frauen in streng wissenschaftlicher Weise an. Also in vorausschauend strategischer Planung unter Ausnutzung taktisch günstiger Gelegenheiten.

Ich bin ja nun noch in einer Generation geboren, die nicht nach einem zufälligen Kennenlernen einer hübschen Frau mit dem Neuerwerb unmittelbar ins Bett sprang. Das mag ein Fehler gewesen sein, hielt uns aber den Liebesverschleiß und Sexüberdruß vom Leib.

Bei mir war es noch so, daß ich in erotischer Richtung ein ausgesprochener Spätzünder war. Das waren übrigens alle meine Freunde. Wir waren mehr philosophisch und kulturell orientiert und hatten lange Gespräche über Gott und die Welt. Natürlich sprachen wir auch darüber, wie wir eine Freundin erwerben könnten. Da meine Freunde in der Richtung auch keinen blassen Schimmer hatten, blieb das letztlich alles mehr theoretisch und unergiebig.

Ich fragte mich, wie es möglich wäre, daß andere in der Richtung so überaus erfolgreich waren, während ich wie eine leck geschlagene Jolle auf den Wellen der Unbeweibtheit dahindümpelte. Ich schob alles auf mangelnde erotische Anziehungskraft und auf übermäßige Unerfahrenheit. Schließlich hatte ich in Richtung Eroberungen noch nichts aufzuweisen und wo Erfahrung fehlt, erwirbt man sie auch nicht.

Folgerichtig beschloß ich, die Zahl der Frauen, die ich kennen lernte, zu erhöhen. Aber mit System. Es galt, die Trefferquote beim Aufgabeln weiblicher Personen, die als Freundin in Frage kamen, nachhaltig zu verbessern. Aber wie? Da kam ich dann darauf, mich intensiv und mit Nachdruck dem Gesellschaftstanz zuzuwenden. Ich tanzte leidenschaftlich gern.

Natürlich hatte ich schon mal eine Tanzstunde absolviert. Das war aber eher deprimierend gelaufen. Ich absolvierte mit meinen beiden besten Freunden einen Grundkurs. Während da der eine der beiden im Wettstreit mit mir Körbe einsammelte, machte der andere bissige Bemerkungen über die dämlichen Ziegen, die unfähig wären, ein normales weltanschauliches Gespräch zu führen.

Natürlich war mir bewußt, daß diese Art Themenauswahl hier total deplaziert war. Nein, nein, diskutieren wollte ich gar nicht, nur engagieren. Aber auch das wollte nicht gelingen. Bald war der Kursus auch zu Ende und ich verließ ihn leicht deprimiert und auf die Zukunft hoffend. Von der Jagd auf Frauen hatte ich damit erst einmal die Nase voll. Ich wäre gewiß inaktiv geblieben, wenn sich nicht das, was man als Geschlechtstrieb bezeichnet, bei mir immer stärker gemeldet hätte.

Irgendwann hatte ich die Faxen dicke und ich beschloß, das mit dem Tanzen mit mehr Nachdruck zu betreiben. Also der Fortschrittskurs. Dann die Vorturnierklasse. Ich hatte dann auch eine Partnerin, mit der ich weniger aus Überzeugung heraus tanzte, sondern weil es sich so ergab. Sie war eben nicht mein Fall. Was sollte ich machen. Alternativen gab es nicht.

Und dann kam das Weihnachtsfest heran. Der Kursus hatte natürlich seine eigene Feier, zusammen mit anderen Turnierklassen. Meine Partnerin war auch anwesend. Als ich sie aufforderte, tanzte sie zwar geflissentlich mit mir, gab mir aber zu verstehen, daß sie die Absicht hege, den Abend mit einem anderen zusammen zu sein. Ich begriff, ich war ausgebootet. Diese unattraktive Krähe gab mir den Laufpaß. Sie mir! Tiefer konnte ich nicht mehr sinken.

Noch ganz benommen von dieser Situation suchte ich nach einem freien Platz, denn die Plätze waren abgezählt. Da saß eine junge Dame mit freiem Platz neben sich. Auf meine Nachfrage durfte ich mich neben sie setzen. Die erste Liebeserfahrung war im Entstehen. Wir unterhielten uns prächtig.

Irgendwann tanzten wir dann auch. Zum Tanzen war ich schließlich gekommen. Da merkte ich, daß sie ganz exzellent tanzen konnte. War meine bisherige Partnerin mehr oder weniger an meiner Seite über das Parkett gehoppelt, war meine neue Bekanntschaft fähig, sich im Kreisel so richtig mit Schwung zurückzulehnen, so daß ich das erste Mal das Gefühl des Schwebens beim Tanzen hatte.

Es stellte sich dann auch heraus, daß sie gerade ihren Tanzpartner verloren hatte. Das ist bei Tanzleuten eine mittlere Katastrophe. Lieber fünf Geliebte verlieren als einen Tanzpartner, heißt es in einschlägigen Kreisen. Denn Geliebte wachsen nach. Tanzpartner aber muß man mit der Lupe suchen. Und dann findet man sie immer noch nicht.

Sie wurde also meine Tanzpartnerin. Ob sie meine Freundin wurde, läßt sich so definitiv nicht sagen. Wir verharrten da in einem Schwebezustand. Brachte ich sie im Wagen nach Hause – Wagen ist gut, ich glaube es war eine Isetta, in der ich herum kutschierte – dann führten wir lange Gespräche über Leute, die uns eigentlich nichts angingen.

Es waren also keine philosophischen Gespräche. Eher psychologische Exkursionen, die sich in die gewagtesten Konstruktionen hineinsteigerten. Wir spürten den irrwitzigsten Motiven nach, die uns die Verhaltensweisen unserer Bekannten aus dem Tanzzirkel und von anderswo aufgaben.

Und sie tanzte gut. Sie hatte vor mir einen Partner, der in der C-Klasse tanzte. Da kommt man nur hinein, wenn man die ärgsten Fehler beim Tanzen bei sich ausgemerzt hat. Mit ihr schaffte ich es dann in die D-Klasse und dann beinahe in die C-Klasse. Es fehlte gerade ein Punkt von 50. Nun ja, ich war ja nicht im Tanzverein, um in bestimmten Klassen zu tanzen.

Viel mehr hoffte ich, Renate zu meiner Freundin machen zu können. Und das wollte und wollte nicht gelingen. Sie hatte so eine Art, meine erotischen Attacken im Auto mit dem zur Seite gehaltenen Ellenbogen abzuwehren. Da kam ich einfach nicht durch. Es war wie verhext. Sie sah eigentlich gar nicht so kräftig aus. Trotzdem konnte ich da keinen Schritt Boden gewinnen.

Ich glaube, sie genoß dieses Spiel von Angriff meinerseits und Abwehr ihrerseits. Denn als geborene Krebsin war sie aufreizend und kokett. Allerdings in der ihr eigenen unterschwelligen Art. Nicht nur mit mir. Sie trieb eigentlich stets irgendein Spiel mit einem Mann, ob jung oder alt war ihr egal. Hauptsache, er ging auf ihr Spiel ein, verheddte sich gewissermaßen in ihrem Netz.

Sie gab mir dann auch bereitwillig Auskunft, wenn sie mal wieder jemanden aus Korn genommen hatte. Ich fand diese Eskapaden in keiner Weise vergnüglich. Es zwang mich, permanent irgendwie auf der Hut zu sein. Gewiß, in fast allen Fällen beschränkten sich ihre Flirts mehr auf das aufreizende Spiel mit dem Feuer. Das war aber nur meistens der Fall.

Solch ein Flirt lief oft in meiner Gegenwart ab. So entsinne ich mich, daß wir zum Jahreswechsel im Berliner Hilton Hotel feierten. Oben im Dachgarten. Unter UV-Licht, mit einer echten Flasche Champagner auf dem Tisch. Als es etwas turbulent auf der

Tanzfläche wurde, wurde die Flasche auch noch umgestoßen. 20 DM waren futsch. Das hätte mir nichts ausgemacht.

Aber was mir den Abend dann gründlich verdarb: sie konnte nicht an sich halten und mußte mit so einem Inder flirten, der wahrscheinlich nicht einmal das horrende Eintrittsgeld bezahlt hatte. Man konnte ab Mitternacht einfach im Hotel umhergehen. Das war vom Hotelpersonal nicht zu verhindern. Und da fuhren solche Leute eben schnell mal mit dem Lift zum Dachgarten hinauf.

Jedenfalls erreichte Renate es mit ihrem Augenspiel, daß er sie in einem unbewachten Augenblick aufforderte. Das brachte ihr die Bestätigung, daß sie noch immer die Fähigkeit besaß, mal eben einen jungen Mann zu becircen und mir zum Bewußtsein, daß eine dauerhafte Beziehung zu ihr sich zu einem ewigen Abwehrkampf flirtfreudiger Bengels fortentwickeln würde.

Und dann erwischte ich sie in Steglitz, wie sie zurechtgemacht und aufgetakelt bis zum Geht-nicht-mehr in einen Bus stieg. Nun hatte sie mir tags zuvor beiläufig, sie konnte ja nie den Schnabel halten, von einem älteren Mann erzählt, der sie wie wahnsinnig anhimmelte. Also war ich zum gewissen Teil orientiert. Aber doch nicht ganz. Jedenfalls nicht, daß es da um ernstere Dinge ging.

Sie behauptete mir gegenüber zwar, daß diese Verbindung rein platonisch freundschaftlich wäre. Ihre Aufmachung an der Bushaltestelle sprach da eine andere Sprache. Ich war schon schockiert, stellte sie andern Tags wegen des Vorfalls zur Rede. Was soll ich sagen, sie war geradezu beleidigt, daß ich den Vorfall zur Kenntnis genommen hatte.

Ich glaube, das war der Moment, wo ich die Beziehung zu ihr, die noch gar keine richtige war, beendete. Jedenfalls innerlich. Es gab danach jedenfalls keine Zärtlichkeiten mehr zwischen uns. Und bis jetzt, bis zum inneren Abbruch der Beziehung, hatte es gerade einen Kuß zwischen uns gegeben.

Das muß man sich mal vorstellen. Als Mann von 23 Jahren ließ ich mich auf eine Liebelei ein, die in einem einzigen Kuß gipfelte und danach sich Knall und Fall in Luft auflöste. Das ist in der heutigen Zeit wahlloser Sexualkontakte kaum vorstellbar.

Dabei stand Renate mir durchaus nicht abweisend oder gar ablehnend gegenüber. Ja, ich kann durchaus annehmen, daß sie in mich verliebt war. Das mag unwahrscheinlich klingen, ist aber bestimmt nicht daher geholt. Denn ich besitze Fotos von uns beiden, auf denen sie mich geradezu anhimmelt. Und das war ganz sicher nicht gespielt.

So hatten wir für eine Weltmeisterschaft in der Deutschlandhalle eine Pachanga-Formation eingeübt. Der Tanz war so eine Kreuzung von Samba und Paso Doble. Da die Beliebtheit der Tänze von den Musikstücken abhängt, die dafür geschrieben werden, und das beim Pachanga nicht so recht klappte, blieb der Tanz eine Eintagsfliege.

Das war für eine Formation natürlich unwichtig. Wir waren vier Paare. Die Männer in Smoking, die Frauen in schwarzem Cocktailkleid mit weißen Stoffbahnen besetzt, die wie Wasserfälle rechts und links am Kleid hinabliefen. Sehr schick. Die Schrittfolge in sehr gelungener Choreografie. Dann, als wir in der Mitte des Parketts der Deutschlandhalle standen und auf den Einsatz des Orchesters warteten, hieß es plötzlich: „Licht aus, Spot an!"

Es war die Schrecksekunde meines Lebens. Das hatten wir so nie ausprobiert. Unsere Proben waren immer bei voller Beleuchtung durchgeführt worden. Und nun standen wir da, die Zuschauerränge in Dunkelheit gehüllt, von vier Lichtkegeln geblendet, und sollten die weit ausholenden Tanzfiguren darbieten, die bei weitem nicht nur auf einer Stelle stattfanden.

Besonders eine Figur hatte es da in sich. Aus dem Kreis, in dem wir Paare zunächst angeordnet waren, wurde irgendwann eine Linie. Und dort lösten sich die Damen von den Herren, die einen tanzten nach links, die anderen nach rechts, dann ging es zurück, so daß sich die Paare am Ende wieder richtig zusammenfanden.

Wir waren durch das Spotlicht fast orientierungslos. Daß das damals nicht in eine Katastrophe mündete, sondern ganz wie von Geisterhand geführt, zu einer gelungenen Darbietung wurde, kann ich auch heute nur als ein schlichtes Wunder bezeichnen. Es klappte wahrscheinlich nur, weil wir die Schrittfolge so unendlich oft geübt hatten. Der brausende Applaus anschließend entschädigte uns für die ausgestandene Angst.

Schon während dieser Vorstellung waren Schnappschüsse von uns gemacht worden. Ganz toll anzusehen in den Lichtkegeln, in denen wir tanzten. Von den Schwierigkeiten, die wir mit dem Spotlicht hatten, sah man auf den Bildern nichts. Und dann nach dem Auftritt. Da wurde das Ganze noch einmal in voller Schönheit und in Ruhe auf Zelloloid gebannt. Hier sah man es deutlich, wie Renate mich nach allen Regeln der Kunst anhimmelte.

Im übrigen wollte ich eigentlich gar keine richtige Liebschaft mit ihr. Küsse ja, mehr aber nicht. Auch wenn sie einmal zu mir bemerkte, ich wäre nicht der Mann, der sich mit einem Küßchen abspeisen ließ. So war der Eiertanz, den wir um das Thema Liebe herum vollzogen, das einzig Gegebene in dieser Situation.

Auch wenn ich nach heutigen Vorstellungen nicht das rechte Maß an erotischer Erfüllung verbuchen konnte, so war diese Lebensperiode doch von einer Leichtigkeit des Daseins erfüllt, den die heutige Generation niemals erleben wird. Es war eine glückliche, unbeschwerte Zeit. Ich war zwar Student, war aber doch so weit frei in dem, was ich tat, daß ich volle vier Semester einfach nur getanzt habe. Mehr nicht.

Ich entsinne mich eines Balls im Prälat in Schöneberg. Da war unser Kurs für eine Formation engagiert. Die Abgeltung unser Darbietung bestand im freien Eintritt. Wir hatten also einen eigenen Tisch vorn zur Bühne an der Tanzfläche zur Verfügung. Nun hätten wir uns eigentlich Getränke bestellen müssen. Doch mit Geld dafür waren wir natürlich schlecht ausgestattet.

Was war die Lösung? Während einige von uns aus dem nahen Hahn Wasser zapften, paßten die anderen auf, daß uns die Kellner nicht hinter die Schliche kamen. Ja, so kann man auch zu einem tollen Ballbesuch kommen. Wir wollten ja nur tanzen und das taten wir dann zur Genüge. Und während der Formationen hatten wir sogar die Tanzfläche ganz für uns. Das war kaum noch zu überbieten.

So war also diese Zeit für mich unbeschwert und glücklich. Und Renate war ja vor allem erst einmal meine Tanzpartnerin. Hätte ich meine Annäherungsversuche auf die Spitze getrieben, lief ich Gefahr, daß diese Partnerschaft in die Brüche ging. Das allerdings wollte ich auf jeden Fall verhindern. So hatte ich weiterhin sehr amüsante Gespräche mit ihr, wenn ich sie nach Hause fuhr.

Das ging so eine ganze Zeit. Und plötzlich änderte sich die Situation. Ich erinnere mich noch genau, wie es zu dem einzigen Kuß zwischen mir und Renate kam. Eines Tages erschien unser Tanzmeister Herr K. bei uns im Training, und fragte, ob wir bei Filmaufnahmen in den Studios in Spandau mitmachen wollten. Natürlich gäbe es eine Vergütung. Wir müßten nur ein wenig tanzen. Sonst nichts. Der Filmtitel: Der Traum von Lieschen Müller. Klar wollten wir. Wer hätte sich das entgehen lassen? Ich hätte auch ohne Bezahlung mitgemacht.

Fräcke und Abendkleider wurden für uns ausgeliehen. Wir sahen richtig nobel aus. Zum anberaumten Zeitpunkt waren wir alle in den Studios versammelt. Es war schon interessant, mal in den Kulissen herumstöbern zu können. Illusion und Desillusion so nahe beieinander zu finden. Stand man dort, wo sich die Kamera befand, war es die Realität in Reinheit. Doch wehe, man tat einen Schritt zu Seite, daß man hinter die Kulissen sah. Da war alles Pappmaschee, Draht und Kleister.

Allerdings war nicht alles unecht. Da gab es mitten in der Halle einen Teich. Der war mit wirklichem echten Wasser gefüllt. Und eine junge Frau von uns fühlte sich bemüßigt, sich dicht am Wasser hinzuplazieren, um so in der Pose der verträumten Meerjungfrau vielleicht eines Produzenten empfängliches Herz zu rühren. Auf daß er ihr vielleicht eine winzige Rolle in diesem oder einem anderen Film zuteile.

Die Position war aufreizend und äußerst verlockend. Was, fragte ich mich, würde geschehen, gäbe man der jungen Frau einen ganz leichten Stipps. Vielleicht würde schon die Überraschung genügen, sie in das recht flache Wasser hinein zu katapultieren. Allein der Gedanke an eine solch frevelhafte Tat ließ mich vor Vergnügen erschauern. Na ja, es blieb bei der Vorstellung. Man hätte an offizieller Stelle gewiß für eine solche Albernheit kein rechtes Verständnis aufgebracht.

Wir waren nicht die einzige Tanztruppe im Studio. Die Tanzformation von Erika Mann war ebenfalls engagiert. Der fehlte gerade ein Paar, welches sie sich aus unserem Tanzkreis holte. Aber nicht etwa ein zusammengehöriges Paar, sondern mich und eine mir kaum bekannte junge Frau, die vielleicht die hübscheste bei uns genannt werden konnte. Hübsch, aber dämlich. Das war nicht nur mein Eindruck. Herr K sagte zu mir: „Sie sind der Typ, der verlangt wird."

Nun war die Tanzeinlage sehr stark improvisiert. Fand statt auf einer Treppe, was bestenfalls als toll wahnsinnig zu bezeichnen war. Wie sollte man auf einer Treppe Tanzschritte vollführen. Eigentlich ging das nicht und mußte doch gehen. Als ich den Film später sah, war die Szene jedenfalls herausgeschnitten. Nicht vorhanden. Also unser ganzer Auftritt nachträglich gegenstandslos.

So ungefähr muß auch Frau Mann nach einigen Proben gedacht haben, denn sie spedierte mich und meine hübsche unbedarfte Partnerin zurück zu meiner Tanztruppe. Und da hatte ich denn doch von dieser neuen Partnerin genug, sagte ihr Lebewohl, was mir von ihrer Seite zunächst einen hoch giftigen Blick, danach, nach einer Besinnungspause, einen ausgewachsenen Wutanfall einbrachte.

Bei Renate allerdings hatte ich enorm gepunktet. So leichtfertig sie auch mit ihren vielerlei Flirtereien umging. Daß ich ihr an so prekärer Stelle die Stange hielt, muß denn doch großen Eindruck auf sie gemacht haben. Jedenfalls merkte ich sofort, daß ich einen großen Schritt in Richtung ihrer Eroberung gemacht hatte. Sie sah mich jedenfalls mit Augen an, denen die Verliebtheit anzusehen war.

Zunächst allerdings mußten wir noch das Filmgeschäft hinter uns bringen. Der Regisseur, ich glaube es war Helmut Käutner, war mit den Finanzen sehr eng ausgestattet. Ließ immer gleich die Strahler löschen, wenn keine Aufnahmen gemacht wurden, und war auch sonst um Sparsamkeit bemüht.

So kam er darauf, uns kurz als ganz normale Statisten einzusetzen. Da wir ja nun mit Frack und Abendkleid ausstaffiert waren, paßte unser Aussehen ausgezeichnet ins Geschehen. Und wir, na klar, hatten nicht dagegen. Schließlich bezahlte er uns für die Zeit dort. Er hatte zu bestimmen, was wir dabei zu tun hatten.

Es ging darum, daß wir einen Kreis um ein imaginäres Loch zu bilden hatten. Und in dieses Loch sollte ein Gestalt von weit oben hineinstürzen. Das war aber rein imaginär. Es fiel nicht mal eine Puppe herab. Wir sollten nur, auf ein Zeichen hin, so tun, als wäre eine Gestalt in unseren Kreis hinabgerauscht. Der Sturz selbst sollte hinterher durch filmische Tricks hineinkopiert werden.

Wir standen also erwartungsvoll im Kreis und auf das verabredete Zeichen hin brachen wir in Schreckensschreie aus, taten so, als wäre da eben ein Mensch in unsere Mitte hinabgefallen und läge nun zerschmettert auf dem harten Grund. Da plötzlich bahnte sich, von uns nicht erwartet, jemand den Weg durch unsere Reihen und tat mit Stimmgewalt kund, daß dieser Sturz das Ereignis des Jahrhunderts wäre. Es war beeindruckend.

Geplant und vorbedacht, gewiß, aber welch ein überwältigendes Schauspiel. Es war das einzige Mal, daß ich Martin Held so dich bei mir agieren sah. Nie hätte ich gedacht, daß die Ausstrahlung, die von einem Schauspieler ausging, so über alle Maßen suggestiv und faszinierend sein könnte. Er brachte uns dahin, die arme zerschmetterte Gestalt leibhaftig zu sehen. Ihren Tod zu empfinden. Innerlich vor der Ungeheuerlichkeit des Furchtbaren zu erzittern. Wir waren allein durch seine Schauspielkunst in einen Bann geraten, aus dem wir uns erst langsam lösen mußten. Ich war sehr beeindruckt.

Trotz dieser aufrüttelnden Darbietung eines der besten Schauspielers Deutschlands, oder vielleicht gerade deshalb, hatte Renate nicht vergessen, daß ich ihr zwei Stunden zuvor die Stange gehalten hatte. Als ich sie nachts vor ihrem Haus absetzte, wandte sie sich mir zu, öffnete ihren Mund zu dem einen und einzigen Kuß, den wir miteinander tauschten. Es war wie ein Ko-Schlag.

Ich habe in meinem Leben einige Frauen geküßt, kann also sehr wohl Vergleiche anstellen. Was nun diesen Kuß betraf: Ganz sicher war er gänzlich verschieden von den Küssen später von meiner Frau. Man kann sagen, es war die Differenz zwischen Trieb und Erotik. Ganz sicher war in der Liebe zu meiner Frau allemal Leidenschaft im Spiel. Aber nicht Trieb, in dem ich die Herrschaft über mich selbst aufgab.

Hier bei Renate war die dunkle Seite der Sexualität aufgebrochen. Ein kleiner Schritt weiter, und die hemmungslose Leidenschaft hätte von mir Besitz ergriffen. Ihre Zunge wölbte sich in meinen Mund hinein, rauh, fordernd, hemmungslos. So habe ich die Liebe nie wieder erlebt und wollte sie so auch nicht wieder erleben. Es war ein Glück für mich, daß nicht lange danach die Episode an der Bushaltestelle in Steglitz geschah, die meine Verliebtheit, die unkontrolliert zu werden drohte, abrupt beendete.

Ich hatte damals gerade Kontakt zu einer Frau in der Bekanntschaft unserer Familie, die mir mein künftiges Schicksal aus der Hand las. Die sah unmittelbar, welcher Verstrickung ich in der Beziehung zu Renate ausgeliefert war. Sie warnte mich eindringlich, deren Verlockung nicht nachzugeben. Sie meinte, die Beschaffenheit Renates würde dem mir bestimmten Weg in äußerstem Maße hinderlich sein.

Damit war eigentlich bereits das Urteil über die Beziehung gesprochen. Denn ist ein Weg für einen Menschen bestimmt, so auch die Randerscheinungen, die hier hinderlich diesen Weg sperren könnten. Solche Störungen sind da nur für kurze Zeit angesagt. Sie dürfen vielleicht einmal die dunkle Seite ihrer Existenz enthüllen, einmal vielleicht deren dumpfe Macht spüren lassen. Dann aber haben sie ihre Kraft erschöpft. Fallen in die Bedeutungslosigkeit zurück. Den vorbestimmten Weg können sie weder stören noch verhindern.

Ich weiß nicht mehr aus welchem Anlaß: irgendwann war es dann so weit, daß wir unsere Freundschaft beendeten. Wir beschlossen, von da an nur noch Tanzpartner zu sein. Nun ist das im Tanzsport aber so, daß eine solche Partnerschaft, die vorher Freundschaft war, früher oder später doch in die Brüche geht. Das läßt sich kaum verhindern.

Wir waren ja nun durch meine Ungeschicklichkeit in der D-Klasse kleben geblieben. Und es bestand wenig Aussicht, den Sprung hinauf im folgenden Jahr zu erreichen. In dieser Situation ging in der A-Klasse eine Partnerschaft in die Brüche. Mit der Frau hatte ich auf einem Ball einmal getanzt. Sie tanzte leicht wie eine Feder. Ich merkte sie kaum, so präzise folgte sie meinen Bewegungen. Dabei hatte sie von den Schritten keine Ahnung. Ließ sich einfach nur führen.

Renate war das Malheur von Wolfgang F. natürlich nicht entgangen. Es kostete sie wenig Mühe, ihn zu ihrem Partner und mehr zu machen. Ich hatte ihn einmal in einem Frisiersalon der besseren Art erlebt. Er kam da hinein, als wenn er der Kaiser von China wäre. Ein Auftritt mit Begrüßungen nach allen Seiten, daß die Wände wackelten. Ich dachte: was für ein Schaumschläger.

Der wurde nun Renates Tanzpartner, Liebhaber, Ehemann. Sie hatte mit ihm sogar ein Kind. Eine süße kleine Tochter. Was aber bei ihr nichts zu sagen hatte. Außerhalb des Tanzsports war er Maurer. Und das war sicher nicht der Beruf, der ihr auf Dauer bei ihrem Gatten gefiel.

Als ich meinen Bau in Lichtenrade begann, erinnerte ich mich daran, daß er Maurerpolier war. Also fuhr ich zu ihm. Traf ihn auch an. Ein Häufchen Elend saß da vor mir. Er tat mir leid. Ich fragte, was geschehen wäre. Natürlich drehte es sich um Renate, das war mir schon klar.

Renate hatte sich nach der Eheschließung zu Höherem berufen gefühlt. Gespräche psychologischer Art wie mit mir konnte sie mit Wolfgang natürlich nicht führen. Dazu war er zu einfach gestrickt. Was macht man da? Man geht zur Uni und studiert. Da sie unbestritten ein helles Köpfchen besitzt, endete das mit einer Promotion und gleichzeitig im Bett ihres Doktorvaters. Wie sich so was gehört.

Da war Wolfgang also abgemeldet. Sie krampfte sich ihre Tochter und weg war sie. Ließ Wolfgang auf dem Scherbenhaufen seiner Ehe allein zurück. Ich sah ein, daß ich von ihm derzeit keine Unterstützung in Richtung Hausbau erhalten würde. Also ließ auch ich die Sache auf sich beruhen. Er gab mir noch ihre neue Adresse mit auf den Weg.

Als meine Frau und ich dann geheiratet hatten, wollten wir unbedingt auch eine Hochzeitsreise machen. Die Trauung war Ende Februar und im April sollte ich eine neue Stellung antreten. Wir wollten dahin, wo es warm war. Fernreisen aber waren nicht zu finanzieren. Also landeten wir auf Teneriffa. Das wäre normaler Weise zu dieser Zeit warm gewesen, in jenem Jahr allerdings nicht.

So waren die Nächte dort nur so zu überstehen, daß man alles, was wärmend war, über sich häufte. Ich Unglückswurm schrieb nun an Renate einen Brief, in welchem ich drastisch diese Situation beschrieb. Postwendend kam ihre Antwort zurück. Mit einem Büchlein, in welchem Schopenhauer und Nietzsche gute Ratschläge für den Umgang mit der Weiblichkeit verbreiteten. Versehen mit der Inschrift: Gewarnter Mann ist halb gerettet.

Natürlich bekam Margarete alles mit. Die beiden Frauen hatten sich vom ersten Augenblick an nicht gemocht. Was ja vielleicht auch verständlich ist. Nach diesem Brief war allerdings die Geduld Margaretes erschöpft. Sie machte mir unmißverständlich klar, daß sie einem weiteren Kontakt zu Renate sehr ablehnend gegenüberstünde. Und das, bitte sehr, würde auch für mich gelten. Ich habe von Renate nie wieder etwas gehört.

Auf Pirsch

Als ich meine Tanzpartnerin verloren hatte, war das wie eine kleine Scheidung für mich. Ich mußte mich neu orientieren, versuchen, Ersatz zu finden. Nicht so einfach, wenn man nicht irgendeine Frau dazu nehmen kann. Schließlich müssen auch die Damen einige Techniken der Tanzkunst erlernen, ehe man mit ihnen erfolgreich ein Tanzturnier bestehen kann.

Nach einigen Versuchen fand ich da eine Monika, etwas kleiner gestaltet, ganz sicher keine Tanzkoryphäe, mit der wollte ich es einmal probieren. Wenigstens für die Formationen hatte ich jemand, mit dem ich aufs Parkett konnte. Denn es zeichnete sich ab, daß wir auf der Funkausstellung in Berlin eine Tanzeinlage darbieten würden. Ohne Partnerin wäre das natürlich Essig für mich gewesen.

Sie war also kleiner, aber wohlgestaltet. Ansonsten ganz schön gewitzt. Sie erzählte mir ganz beiläufig, wie sie in eine ausverkaufte Vorstellung doch noch hinein käme. Da gäbe es immer noch Plätze, die für plötzlich erscheinende VIPs reserviert wären. Die könne man anzapfen.

Nun weiß ich nicht mehr, wie die Sache genau ging. Ich glaube, man mußte im Namen irgendeiner Botschaft bei der Theaterkasse anrufen und für den Herrn Botschafter und seine Frau zwei Plätze reservieren lassen. Kam man dann abends an die Kasse, wurde natürlich nicht nach der Legitimation gefragt. Man bezahlte – bestimmt einen gepfefferten Preis – und drin war man.

Auch bei der Reservierung in Schlafwagen in ansonsten voll besetzten Zügen hatte sie ihre Methode. Da wandte man sich an den Zugbegleiter, gab ihm ein großzügiges Trinkgeld, und konnte so doch noch einen Schlafplatz ergattern. Mir war das alles nicht so ganz geheuer. Sie war mir einfach zu selbstsicher und selbstbewußt. Aber was sollte es. Wir waren ja nicht miteinander verheiratet.

Das allerdings hatte sie an einem Abend nicht mehr ganz im Gedächtnis. Ich hatte an diesem Tag bei einem Freund zu Mittag gegessen. Wie es dessen Art war, hatte er eine richtige Portion Knoblauch ans Essen getan. Es tat mir ja unendlich leid, aber ändern konnte ich an diesem Umstand nichts. Sie merkte es sofort. Kniff die Augen zusammen. Und dann machte sie mich zur Sau. Nach allen Regeln der Kunst. So etwas war mir bis dato noch nicht passiert.

Sie tat fast so, als hätte ich sie bewußt ärgern wollen. So, als wäre es ein äußerst schlechtes Benehmen, in diesem Zustand vor ihr zu erscheinen. Was sollte ich tun? Ich mußte ihre Gardinenpredigt einfach über mich ergehen lassen, denn hätte ich die Partnerschaft aufgekündigt, hätte ich am Funkturm nicht dabei sein können. Aber übel nahm ich ihr diese Attacke doch. Insgeheim!

Es kam der Tag, an dem wir am Funkturm auftreten sollten. Es waren zunächst zwei Darbietungen angesetzt. Und dann, eine Stunde bevor die erste beginnen sollte, kam die Kunde, daß diese erste Formation ausfallen sollte. Und schlimmer: es sollte auch kein Geld für die abgesetzte Aufführung geben. Das fand ich nun schon äußerst frech. Und neben mir ein junger Mann nicht minder.

Er allerdings sagte sofort, das ließe er sich nicht gefallen. Ich: „was sollen wir denn tun?" Er: „ich gehe hin zum Produktionsleiter. Dem werde ich was erzählen." Ich: „dann komme ich mit!" Wir beide also los. Nun waren in der Mitte des Geländes um den Funkturm herum einige Hallen nur für die Produktion von Fernsehshows reserviert. Dorthin lenkten wir unsere Schritte. Natürlich wollte man uns da nicht hineinlassen. Da hatten sie aber nicht die Beschaffenheit meines Begleiters einkalkuliert. Er ging los wie ein Bulldozer.

Widerreden wurden nicht akzeptiert. Entweder das Geld oder den Durchlaß. Das war die Devise meines Kumpans. Also, da die beteiligten Pförtner über keine Barmittel zur Abgeltung abgesetzter Fernsehshows verfügten, hieß das freier Eintritt in die gerade laufenden Produktionen. Ob wir schließlich das versprochene Geld bekommen würden, war mir mittlerweile ziemlich egal.

Denn einfach so in alle laufenden Sendungen hineinplatzen zu können, war mir Ausgleich genug für etwa entgangene Gage. In einer Halle war Freddy zu Gange. Der, bei dem das Pferdehalfter an der Wand hängt und der als Junge bald wieder zu seiner Mammi zurückkommen soll. Jedenfalls in seinen Liedern. Der saß auf einer Kindereisenbahn und versuchte, sein neues Lied zu singen Was nicht gelang.

Denn irgendwie hatte der Mann an der Kamera ewig und dauernd an der Darbietung Freddys was auszusetzen. Hatte ich bis dahin gedacht, diese bekannten Sänger wären so etwas wie kleine Könige in der Fernsehanstalt – hier wurde ich eines Besseren belehrt. Mit einer Engelsgeduld wiederholte Freddy wieder und wieder die gleiche Passage, nachdem die Eisenbahn an den Ausgangspunkt zurückgefahren war. Er tat mir direkt leid.

Auch in anderen Hallen wurden die Szenen egal weg geprobt, als wenn das läppische Zeug es nicht vertragen hätte, daß es mal ein wenig variiert wurde. Nein, der Aufnahmeleiter tat so, als würde die Seligkeit davon abhängen, daß irgendein beliebiger Satz in der und der Weise gesprochen wurde und nicht anders. Doch offenbar kannten die Darsteller das und ließen alles über sich ergehen.

Zum Schluß, als wir durch mehrere Hallen gestromert waren, taten wir endlich den Produktionsleiter auf. Da er einsah, er würde uns erst los, wenn er die Forderung beglich, gab er uns das Geld. Wir also zurück zu unserem Tanzkreis. Ich setzte mich, ließ die eben gewonnenen Eindrücke noch einmal innerlich Revue passieren. Blickte auf. Da saß sie mir gegenüber und sah mich interessiert an.

Hella! Niedlich und süß mit ihren 17 Jahren. Kein wenig scheu, meine Blicke ohne weiteres erwidernd. Eine allerliebste Erscheinung. Die Klingel läutete, was bedeutete, daß ich zur Formation auf die Tanzfläche gerufen wurde. Eine Formation tanzen jetzt! Mit innerem Widerwillen schob ich diesen Gedanken in die äußerste Ecke meines Bewußtseins, wo er still und bescheiden verschied.

Dann wandte ich mich wieder der jungen Frau an meinem Tisch zu. Erfuhr, daß sie in einem Parallelkurs von uns tanzte. Wir begannen auf das heftigste miteinander zu flirten. Wir saßen an einem Tisch, der mitten im Saal stand. Vier Plätze, sie mir gegenüber. Nach einigen Minuten, als die Formation zu Ende war, kamen Hellas Tanzpartner und Monika, meine Tanzpartnerin und setzten sich zu uns an den Tisch. Er rechts, sie links von mir.

Monika eröffnete das Feuer. Beklagte sich wütend, daß ich ihr durch mein Fortbleiben den Tanz in der Formation verdorben hätte. Was sollte ich antworten? Daß mich die Formation derzeit in keiner Weise interessierte? Hella meinte, auch sie hätte die Formation verpaßt. Das wäre aber nicht weiter tragisch. Dann wandte sie sich wieder mir zu, fragte dies und das. Ich spielte die Bälle zurück.

Da saßen wir nun zu Viert am Tisch. Eine schier unmögliche Situation. Hella und ich flirteten wie verrückt miteinander, während unsere Partner stumm daneben saßen. Monika mit hochrotem

Gesicht, Hellas Partner bleich, wie versteinert. Irgendwann erhob er sich dann und ging wortlos davon. Auch Monika sah ein, daß sie nichts mehr ausrichten konnte und verschwand.

Gewiß, mein Betragen Monika gegenüber war inakzeptabel. Zu anderer Zeit hätte ich wohl kaum so rücksichtslos gehandelt. Aber hier hatte es mich derart erwischt, daß von ruhiger Überlegung oder Rücksichtnahme keine Rede mehr war. Hella und ich waren gefangen in einer rauschhaft aufbrechenden Verliebtheit, die alles, was diesem Zustand hinderlich war, zur Seite schob.

Natürlich fuhr sie bei mir im Wagen mit, wollte auf halber Strecke den Bus benutzen. Wir stiegen aus. Standen voreinander. Sie hob ihren Kopf ein wenig, daß ihre Lippen nur noch wenige Zentimeter von meinen entfernt waren. Da wußte ich, daß sie jetzt geküßt werden wollte. So einfach war das. Kein Wort, kein Blick war nötig. Ihre Augen waren geschlossen. Ich küßte sie.

Wir gingen, umschlungen, wieder zum Wagen zurück. Ich fuhr sie nach Hause. In ihrer Gegenwart war alles leicht geworden. Tanz und Liebe waren zu einem geworden. Es schien so, als hätte ich die Frau fürs Leben gefunden. Ich war 25, sie 17 Jahre alt. Das brachte es automatisch mit sich, daß ich sehr dominant in der Beziehung war. In meinen Augen zu beherrschend.

Ich hatte den Eindruck, es verschlug ihr geradezu die Sprache, wenn sie mit mir zusammen war. Jedenfalls war sie eine große Schweigerin. So mußte also ich den Hauptteil unserer Unterhaltung besorgen. Das ist weniger vergnüglich, als man es sich vorstellt. Irgendwie braucht man für alles Tun eine Resonanz. Auch für das, was man im Gespräch sagt.

Doch da war nichts. Nun sind meine Gedanken ohnehin immer etwas abgehoben. Da war sie offensichtlich anders orientiert.

Während ich abstrakte Gedanken wälzte, war sie mehr im Konkreten beheimatet. Doch das war nicht die ganze Wahrheit. Am schlimmsten: Es verschlug ihr in meiner Gegenwart irgendwie die Sprache. Welches Thema ich auch anschnitt. Es kam einfach keine Resonanz.

So waren unsere Gemeinsamkeiten also der Tanzsport und natürlich die daran anschließende Schmuserei. Meist im Wagen. Irgendwo an einer ruhigen Ecke der Straße. Daß uns einmal die Polizei dabei aufscheuchte, fand ich schon ungehörig. Offensichtlich hatten sie schon alle Verbrecher in die Flucht geschlagen und mußten nun sich küssende Pärchen ärgern.

Insgesamt aber war ich mehr als im Zweifel, ob unsere Liebesbeziehung eine Zukunft hatte. Ich meine dauerhaft gesehen, mit Ehestempel und so. Deshalb war ich auch fest entschlossen, mich nicht in eine Situation hinein manövrieren zu lassen, die einem zwanghaften Zustand herbeiführen konnte. Etwa in Gestalt eines von mir gezeugten Kindes.

Da gab es zweimal einen Augenblick, in welchem mir die Freiheit des Handelns quasi aus den Händen zu gleiten drohte. Das eine Mal geschah es im Grunewald. Der Grunewald war selbst zu Zeiten des kalten Krieges ein Gebiet, wo es abseits der viel betretenen Pfade, durchaus stille, heimelige Plätzchen gab, an denen man es nach belieben treiben konnte, wie man so was auszudrücken pflegt.

Wir hatten uns ein solches Plätzchen gesucht. Die Decke war ausgebreitet. Ich in Badehose, sie im Bikini. Da ja nun niemand uns sehen konnte, nahm sie auch noch das Oberteil ab. War ja niemand da, der das beanstanden konnte. Nun muß man sich das vergegenwärtigen. Sie war achtzehn, ohnehin hübsch und süß, und ihre Brüste waren gerade in dem Zustand, der als höchst aufreizend beschrieben werden muß. Eine gelinde Befangenheit legte sich über mein Gemüt.

Die Versuchung war ungeheuer groß, alle bestehenden Bedenken in den Wind zu schlagen und die sich bietende Gelegenheit gegen alle Regeln menschlicher Vernunft auszunutzen und auszukosten. Während ich mich mit schweren Gedanken plagte, hatte sie sich zur Seite gedreht und dann mit Schwung war sie über mir. Ließ ihre Brüste frei über meinem Gesicht pendeln. Ich sah kaum noch Rettung für mich aus dieser Zwangslage.

Denn ich merkte, wie mich sacht aber sicher das Licht einsichtigen Denkens und Handelns verließ. Schon überlegte ich, welch konkrete Maßnahmen ich ergreifen müsse, um dem ungeheuren Druck erwachender Leidenschaft nachgeben zu können, als Stimmen normaler Erdenwürmer an mein und vor allem ihr Ohr drangen. Sie kamen mit Unerbittlichkeit näher.

Mit einer von mir kaum für möglich gehaltenen Geschwindigkeit war sie von meinem Körper herunter. Ließ mich in der Hölle meiner Gefühle zurück, während sie sich den winzigen BH überstreifte. Und schon trottete eine Schar Wanderer ziemlich dicht an uns vorüber, einen Pfad entlang, den wir im hohen Gras bis dahin nicht entdeckt hatten. Das war knapp gewesen.

Der Bann war gebrochen. Der Zauber des verführerischen Augenblicks vertan. Wir schmusten noch ein wenig miteinander herum. Dann packten wir unsere Plünnen zusammen, fuhren zurück in die Stadt.

Das andere Mal waren wir zu Hause bei ihr in der Wohnung. Die Eltern waren nicht da, wurden wohl auch nicht erwartet. Ich saß in einem Sessel, nicht weit vom Fenster, als sie sich ohne weiteres auf meinen Schoß setzte und mich zu küssen begann. Nun muß ich

186

erwähnen, daß sie im Erdgeschoß wohnte, direkt an der Straße. Man sah die Passanten direkt am Fenster vorbeigehen.

Es wurde gerade Abend. Der Schein der Laternen drang matt durch die Gardinen ins Zimmer. Ihre Küsse wurden fordernd. Und dann merkte ich, daß ihr Morgenmantel, in welchem sie mich empfangen hatte, durchaus das einzige Kleidungsstück war, das sie anhatte.

Und dieser Umhang begann, mit unwiderstehlichem Gleitsinn, von ihren Schultern zu rutschen, immer weiter und weiter, bis sie gänzlich nackt war und sich an mich kuschelte. Ich gab ihr zu bedenken, daß man uns gewiß von draußen sehen könne. „Ih bewahre," meinte sie, „von draußen sieht man nichts. Man kann nicht vom Hellen ins Dunkle schauen."

Es war eigentlich dieselbe Situation wie neulich im Grunewald. Nur in der Weise gefährlicher, weil keine rettenden Passanten die Idylle stören würden. Diesmal aber war ich gewappnet. Ich machte ihr klar, daß wir erst dann solche Dinge tun sollten, wenn wir eine definitive Entscheidung über die Zukunft getroffen hätten. Das sah sie schließlich ein. Die Gefahr war vorüber. Die Situation gerettet.

Nicht lange danach begriff ich dann, daß unsere Schmusereien für eine dauerhafte Beziehung nicht ausreichend waren. Wir trennten uns.

Ich traf sie noch einmal am Ku-Damm. Sie war hübscher, fraulicher geworden. Geradezu eine Schönheit. Ich sprach sie an. Ich merkte, sie war noch immer nicht über die Trennung ganz hinweg. Bekam nicht einen Ton heraus. Nachdem ich einige belanglose Worte gesagt hatte, verabschiedete ich mich. Wie grausam das Schicksal manchmal doch ist, Menschen für kurz zusammenzufügen, die doch keine Chance haben, zusammen zu bleiben.

Vom Autor erschienen

Theorie der Existenz
Beweis der Unsterblichkeit der Seele und der Existenz Gottes
Essen 2000, 222 Seiten, 25,50 €
ISBN 3-89206-099-1

Im Zaubergarten – Der kleine und der große Klaus
Zwei politische Märchen
BoD Norderstedt 2002, 104 Seiten, 9,00 €
ISBN 3-8311-3605-X

Der Nachtigallen Klang
Gedichte
BoD Norderstedt 2007, 224 Seiten, 13,50 €
ISBN 9783837013733

Rationalisierung füchsisch
und andere Geschichten
BoD Norderstedt 2007, 192 Seiten, 12,00 €
ISBN 9783837013573

Internet-Adressen des Autors

www.adolf-tscherner.de
www.neue-philosophie.de
www.im-zaubergarten.de